Inhalt

SEITE

Inhaltsverzeichnis

Unité 1

Grenoble, ville de demain

Atelier A

G 1 La concordance des temps – Die Zeiterfolge

TU TE RAPPELLES?

Du kennst schon die **indirekte Rede** und die **indirekte Frage mit si ⟶ R 23**.

Théo **dit**: «Je **fais** du camping avec mes parents.»	*Théo sagt:* *„Ich gehe mit meinen Eltern campen."*
Théo **dit** qu'il **fait** du camping avec ses parents.	*Théo sagt,* *dass er mit seinen Eltern campen geht.*
Il me **demande**: «Tu **as** déjà **fait** du camping?»	*Er fragt mich:* *„Bist du schon mal campen gegangen?"*
Il me **demande** si j'**ai** déjà **fait** du camping.	*Er fragt mich,* *ob ich schon mal campen gegangen bin.*

Steht das redeeinleitende Verb im **Präsens** (***dit*** que / ***demande*** si), so steht in der indirekten Rede / Frage das Verb des Nebensatzes in **derselben Zeit** wie in der direkten Rede / Frage.

Steht das redeeinleitende Verb in einer **Zeitform der Vergangenheit**, kommt es beim Verb des Nebensatzes zu **Zeitverschiebungen**.

Théo **a dit**: «Je **passe** mes vacances à Grenoble.»	***Présent*** ↓	*Théo hat gesagt:* *„Ich verbringe meine Ferien in Grenoble."*
Théo **a dit** **qu**'il **passait** ses vacances à Grenoble.	***Imparfait***	*Théo hat gesagt,* *dass er seine Ferien in Grenoble verbringt.*
Il **voulait** savoir: «Tu **as** déjà **été** à Grenoble?»	***Passé composé*** ↓	*Er wollte wissen:* *„Bist du schon einmal in Grenoble gewesen?"*
Il **voulait** savoir si j'**avais** déjà **été** à Grenoble.	***Plus-que-parfait***	*Er wollte wissen,* *ob ich schon einmal in Grenoble gewesen sei.*
Il **a dit**: «Je ne **ferai** rien pour l'école."	***Futur simple*** ↓	*Er hat gesagt:* *„Ich werde nichts für die Schule machen."*
Il **a dit** **qu'il ne ferait rien pour l'école.**	***Conditionnel présent***	*Er hat gesagt,* *dass er nichts für die Schule machen wird.*

!

Steht das redeeinleitende Verb in einer **Zeitform der Vergangenheit**, kommt es (anders als im Deutschen) beim Verb des Nebensatzes zu den folgenden **Zeitverschiebungen**:

Direkte Rede / Frage		**Indirekte Rede / Frage**
Présent	wird	*Imparfait*
Passé composé	wird	*Plus-que-parfait*
Futur simple	wird	*Conditionnel présent*

1. Stehen ***Imparfait, Plus-que-parfait*** und ***Conditionnel présent*** schon in der direkten Rede / Frage, finden **keine Zeitverschiebungen** statt.

J'**ai raconté**: «Nous **allions** souvent à Grenoble quand j'**étais** petite.»	*Imparfait*
J'**ai raconté que** nous **allions** souvent à Grenoble quand j'**étais** petite.	*Imparfait*
J'**ai expliqué**: «Mes parents y **avaient acheté** un gîte.»	*Plus-que-parfait*
J'**ai expliqué que** mes parents y **avaient acheté** un gîte.	*Plus-que-parfait*
Théo m'**a demandé**: «Tu n'**aimerais** pas y retourner?»	*Conditionnel présent*
Théo m'**a demandé si** je n'**aimerais** pas y retourner.	*Conditionnel présent*

ZUSAMMENFASSUNG:

Direkte Rede / Frage		**Indirekte Rede / Frage**	**Direkte Rede / Frage**		**Indirekte Rede / Frage**
Présent	*wird*	*Imparfait*	*Imparfait*	bleibt	*Imparfait*
Passé composé	*wird*	*Plus-que-parfait*	*Plus-que-parfait*	bleibt	*Plus-que-parfait*
Futur simple	*wird*	*Conditionnel prés.*	*Conditionnel prés.*	bleibt	*Conditionnel prés.*

Beachte: Die Regeln zur Zeitenfolge gelten nicht nur in der indirekten Rede, sondern auch in anderen Nebensätzen mit ***que***, soweit dort kein *Subjonctif* steht.

Fabian **croit que j'aime** le camping.	*Fabian glaubt, dass ich Camping mag.*
Fabian **croyait que j'aimais** le camping.	*Fabian glaubte, dass ich Camping mag.*

Merke dir: Bei der indirekten Rede / Frage mit redeeinleitendem Verb in der Vergangenheit endet das konjugierte Verb immer auf ***-ais***, ***-ais***, ***-ait***, ***-ions***, ***-iez***, ***-aient***.

2. Du weißt schon, dass Pronomen, Verbformen und Possessivbegleiter in der indirekten Rede angepasst werden müssen (⟶ **R 23**).

Wie im Deutschen verändern sich manchmal auch **Zeit- und Ortsangaben**, z. B.

Il y a deux semaines, Théo m'a demandé: «Tu veux regarder un DVD avec moi **aujourd'hui**?»	*Vor zwei Wochen hat mich Théo gefragt:* *„Willst du* ***heute*** *eine DVD mit mir schauen?"*
Il y a deux semaines, Théo m'a demandé si je voulais regarder un DVD avec lui **ce jour-là**?	*Vor zwei Wochen hat mich Théo gefragt, ob ich* ***an jenem Tag*** *eine DVD mit ihm schauen will.*
Dimanche dernier, Théo m'a dit: «J'ai acheté un DVD sur Grenoble, **hier**.»	*Letzten Sonntag hat mir Théo gesagt:* *„Ich habe* ***gestern*** *… gekauft."*
Dimanche dernier, Théo m'a dit qu'il avait acheté un DVD sur Grenoble **la veille**.	*Letzten Sonntag hat mir Théo gesagt,* *dass er* ***am Tag zuvor*** *… gekauft hat.*
Il m'a demandé: «On le regarde **demain**?»	*Er hat mich gefragt:* *„Sollen wir sie* ***morgen*** *anschauen?"*
Il m'a demandé si on le regardait **le lendemain**.	*Er hat mich gefragt, ob wir sie* ***am folgenden Tag*** *anschauen sollen.*
Son copain est à Grenoble. Il lui a écrit: «Il fait très beau **ici**.»	*… Er hat ihm geschrieben:* *„Das Wetter ist* ***hier*** *sehr schön."*
Son copain est à Grenoble. Il lui a écrit qu'il faisait très beau **là-bas**.	*… Er hat ihm geschrieben,* *dass das Wetter* ***dort*** *sehr schön ist.*

Atelier B

G 2 Ce qui et ce que dans l'interrogation indirecte

Ce qui und **ce que** in der indirekten Frage

Nun lernst du die indirekte Frage mit **ce qui** und **ce que** kennen.

*Théo: «Qu'est-***ce qui** *t'intéresse?»*
⟶ *Il m'a demandé* **ce qui** *m'intéressait.*

*«Qu'est-***ce que** *tu trouves passionnant?»*
⟶ *Il voulait savoir* **ce que** *je trouvais passionnant.*

! In der ***indirekten Frage*** nach ***Sachen*** wird für das ***Subjekt ce qui*** *(was)*, für das ***direkte Objekt ce que/ ce qu'*** *(was)* verwendet. ***Ce qui*** wird nie apostrophiert.

Beachte:
Die Regeln für die Zeitverschiebung, die du bereits in **G1** kennen gelernt hast, gelten selbstverständlich auch bei der indirekten Frage mit **ce qui** und **ce que**.

Paul: Julie, qu'est-ce que tu **as fait** ce soir?
Paul a demandé ce que Julie **avait fait** ce soir.

Paul: Et qu'est-ce que tu **feras** demain?
Paul voulait savoir ce que Julie **ferait** le lendemain.

TOUT COMPRIS? Tu trouves les solutions à la page 70.

1 Raconte au **discours indirect** et à l'**interrogation indirecte**.

Yasmina travaille à la réception d'un terrain de camping. Elle raconte: La semaine dernière, un monsieur est arrivé à la réception, la tête rouge comme une tomate.

- **a** Il a crié: «Je suis en colère!»
- **b** Il a raconté: «Quelqu'un a volé des bananes dans mon mobile home.»
- **c** Il a expliqué: «Il n'y avait plus de bananes sur la table quand je suis rentré de la plage avec mes enfants.»
- **d** Il m'a demandé: «Vous pourriez appeler la police?»
- **e** J'ai répondu: «Je ne suis pas sûre que la police viendra pour une histoire de bananes.»
- **f** Il a encore crié: «Je partirai demain, sans payer!!!»
- **g** Je me suis renseignée: «Votre mobile home était bien fermé?»
- **h** Il a dit: «Je laisse toujours une fenêtre ouverte.»
- **i** Alors j'ai eu une idée et je lui ai raconté: «Un cirque est arrivé dans notre ville hier.»
- **j** J'ai expliqué: «Leur chimpanzé (Schimpanse) a disparu.»
- **k** J'ai téléphoné au cirque et je leur ai dit: «Votre chimpanzé est peut-être sur notre terrain de camping.»
- **l** Ils ont demandé: «Où est-ce qu'on a vu le chimpanzé?»
- **m** J'ai répondu: «On n'a rien vu » et j'ai expliqué: «Il a peut-être volé des bananes dans un mobile home.»
- **n** Plus tard, j'ai pu raconter au touriste: «On a trouvé le chimpanzé sous un camping-car en train de manger tranquillement les bananes.»

2 Julie raconte à Fabienne sa rencontre avec Paul.
Transforme les questions de Paul en **interrogation indirecte**. Utilise **ce qui** et **ce que**.

Paul m'a demandé:

- **a** « Qu'est-ce que tu feras pendant les vacances d'été?»
- **b** «Qu'est-ce que tes parents ont dit?»
- **c** «Qu'est-ce qui est le plus important pour toi?»
- **d** «Qu'est-ce qui se passera après?»
- **e** «Qu'est-ce que ton amie a dit?»

Unité 2

Un job d'été en France? Bien sûr!

Atelier A

G 3 Le subjonctif – Der Subjonctif

Du lernst nun eine neue Verbform kennen, den ***Subjonctif***.

Der Subjonctif steht in Nebensätzen, die durch **que** eingeleitet werden. Genauere Hinweise zum Gebrauch findest du in **G4**.

Hier erfährst du zunächst am Beispiel ***venir***, wie der ***Subjonctif*** **gebildet** wird.

		venir	*kommen*	
Indicatif présent	ils / elles	**viennent**	[il / ɛlvjɛn]	*Ausgangsform = 3. Ps. Pl. Präs.*
Subjonctif	il faut que je	**vienne**	[ʒəvjɛn]	
	il faut que tu	**viennes**	[tyvjɛn]	
	il faut qu'il / elle / on	**vienne**	[il / ɛl / ɔ̃vjɛn]	
	il faut que nous	**venions**	[nuvənjɔ̃]	*1. und 2. Ps. Pl. = Imparfait*
	il faut que vous	**veniez**	[vuvənje]	
	il faut qu'ils / elles	**viennent**	[il / ɛlvjɛn]	

!

Die ***Subjonctif***-Formen der **1. und 2. Person Plural** entsprechen den Formen des ***Imparfait***.
Die **übrigen Formen** des ***Subjonctif*** werden vom **Stamm der 3. Person Plural Präsens** abgeleitet.
Die Endungen lauten ***-e, -es, -e, -ions, -iez, -ent***.

Beachte:

1. Diese Regel gilt für fast alle regelmäßigen und unregelmäßigen Verben, z.B.:

attendre	*warten*	que j'**attende**	que nous **attendions**	qu'ils **attendent**
dormir	*schlafen*	que je **dorme**	que nous **dormions**	qu'ils **dorment**
finir	*beenden*	que je **finisse**	que nous **finissions**	qu'ils **finissent**
prendre	*nehmen*	que je **prenne**	que nous **prenions**	qu'ils **prennent**
croire	*glauben*	que je **croie**	que nous **croyions**	qu'ils **croient**
rire	*lachen*	que je **rie**	que nous **riions**	qu'ils **rient**
parler	*sprechen*	que je **parle**	que nous **parlions**	qu'ils **parlent**
acheter	*kaufen*	que j'**achète**	que nous **achetions**	qu'ils **achètent**

Bei den **regelmäßigen Verben** auf ***-er*** ist außer in der 1. und 2. Person Plural **kein Unterschied** zum **Indikativ Präsens** erkennbar.

Indik. Präs:		je **joue**, tu **joues**, il **joue**,	nous **jouons**, vous **jouez**,	ils **jouent**
Subjonctif:	**que / qu'**	je **joue**, tu **joues**, il **joue**,	nous **jouions**, vous **jouiez**,	ils **jouent**

2. Nur diese wenigen **unregelmäßigen Verben** haben **Sonderformen**.

	que je / j'	**que tu**	**qu'il**	**que nous**	**que vous**	**qu'ils**
avoir *haben*	**aie** [ɛ]	**aies** [ɛ]	**ait** [ɛ]	**ayons** [ɛjɔ̃]	**ayez** [ɛje]	**aient** [ɛ]
être *sein*	**sois** [swa]	**sois** [swa]	**soit** [swa]	**soyons** [swajɔ̃]	**soyez** [swaje]	**soient** [swa]
faire *machen*	**fasse** [fas]	**fasses** [fas]	**fasse** [fas]	**fassions** [fasjɔ̃]	**fassiez** [fasje]	**fassent** [fas]
aller *gehen*	**aille** [aj]	**ailles** [aj]	**aille** [aj]	**allions** [aljɔ̃]	**alliez** [alje]	**aillent** [aj]
pouvoir *können*	**puisse** [pɥis]	**puisses** [pɥis]	**puisse** [pɥis]	**puissions** [pɥisjɔ̃]	**puissiez** [pɥisje]	**puissent** [pɥis]
savoir *wissen*	**sache** [saʃ]	**saches** [saʃ]	**sache** [saʃ]	**sachions** [saʃjɔ̃]	**sachiez** [saʃje]	**sachent** [saʃ]
vouloir *wollen*	**veuille** [vœj]	**veuilles** [vœj]	**veuille** [vœj]	**voulions** [vuljɔ̃]	**vouliez** [vulje]	**veuillent** [vœj]

Merke dir außerdem den ***Subjonctif*** der unpersönlichen Verben ***falloir*** und ***pleuvoir***.

falloir *müssen*	qu'il **faille** [faj]
pleuvoir *regnen*	qu'il **pleuve** [plœv]

Du kannst die ***Subjonctif***-Formen aller Verben auf den Seiten 61–69 nachschlagen.

G 4 L'utilisation du subjonctif – Der Gebrauch des Subjonctifs

Der ***Subjonctif*** wird wie das ***Conditionnel*** als **Modus** bezeichnet (⟶ **R 20**).

Bei einem Modus spielt die **Einstellung des Sprechers** zum Gesagten eine Rolle.

Vergleiche:

	Mon père **est** contre.	⟶ **Indikativ**	*Mein Vater ist dagegen.*
J'ai peur que	mon père **soit** contre.	⟶ ***Subjonctif***	***Ich habe Angst****,* *dass mein Vater dagegen ist.*

Im ersten Satz wird eine **Tatsache** ausgedrückt: Der Vater ist dagegen.
Das Verb ***être*** steht im **Indikativ**: ***est***.
Im zweiten Satz steht die **Einstellung des Sprechers** im Vordergrund:
Das Mädchen **hat Angst**, dass der Vater dagegen ist.
Das Verb ***être*** steht im ***Subjonctif: soit***.

Die folgenden Gruppen von **Verben und Wendungen** drücken eine bestimmte **Einstellung des Sprechers** aus (z. B. einen Willen, ein Gefühl, eine Beurteilung). Der ***Subjonctif*** im Nebensatz mit ***que*** steht **automatisch** nach diesen Verben und Wendungen. Man nennt sie deshalb ***Subjonctif*-Auslöser**. Die Gruppen sind eine kleine Erinnerungshilfe, aber letztlich musst du die Verben und Wendungen, die den ***Subjonctif*** automatisch auslösen, **einzeln lernen**.

1. Gruppe: Wille

Mon père ne **veut** pas **que** j'**aille** en Allemagne.	*Mein Vater will nicht, dass ich nach Deutschland fahre.*
Ma mère **préfère que** je **parte** avec eux en vacances.	*Meine Mutter zieht es vor, dass ich mit ihnen in den Urlaub fahre.*
J'**aimerais qu**'elle me **permette** d'aller chez mon copain allemand.	*Ich möchte, dass sie mir erlaubt zu meinem deutschen Freund zu fahren.*
Mon copain **propose que** son père écrive à mes parents.	*Mein Freund schlägt vor, dass sein Vater meinen Eltern schreibt.*

1 **!** Der ***Subjonctif*** steht nach Verben und Wendungen, die einen **Willen**, einen **Wunsch**, eine **Bitte** oder einen **Vorschlag** ausdrücken.

Weitere Verben und Wendungen dieser Gruppe:

désirer que	*wünschen, dass*	**refuser que**	*ablehnen, dass*
souhaiter que	*wünschen, dass*	**permettre que**	*erlauben, dass*
avoir envie que	*Lust darauf haben, dass*	**interdire que**	*verbieten, dass*
accepter que	*zulassen / akzeptieren, dass*	**c'est / il est permis / interdit que**	*es ist erlaubt / verboten, dass*

Beachte: Nach ***espérer que*** steht jedoch der Indikativ (meistens *Futur simple*).

J'**espère que** tu **viendras**. — *Ich hoffe, dass du kommst.*

2. Gruppe: Notwendigkeit

Il faut qu'on se **voie** plus souvent.	*Wir müssen uns häufiger sehen.*
Il est nécessaire que mes parents **soient** d'accord.	*Es ist notwendig, dass meine Eltern einverstanden sind.*
Ils **demandent que** j'**aie** des meilleures notes à l'école.	*Sie verlangen / fordern, dass ich in der Schule bessere Noten habe.*
Il **est temps qu**'ils se **fassent** moins de soucis pour moi.	*Es ist Zeit, dass sie sich weniger Sorgen um mich machen.*

2 ! Der ***Subjonctif*** steht nach Verben und Wendungen, die eine **Notwendigkeit** oder **Forderung** ausdrücken.

3. Gruppe: Gefühl

Je **suis heureuse** que tu **sois** mon copain.	*Ich bin glücklich, dass du mein Freund bist.*
C'est triste que tu ne **vives** pas en France.	*Es ist traurig, dass du nicht in Frankreich lebst.*
J'**ai peur que** tu t'en **ailles**.	*Ich habe Angst, dass du weggehst.*

3 ! Der ***Subjonctif*** steht nach Verben und Wendungen, die ein **Gefühl** (glücklich, traurig, ängstlich …) ausdrücken.

Weitere Verben und Wendungen dieser Gruppe:

ça m'énerve que	*es regt mich auf, dass*	**être inquiet (-iète) que**	*beunruhigt sein, dass*
être deçu(e) que	*enttäuscht sein, dass*	**être (mal)heureux (-euse) que**	*(un)glücklich sein*, dass
être content(e) que	*zufrieden / glücklich sein, dass*	**être surpris(e) que**	*überrascht sein, dass*

4. Gruppe: Beurteilung

Je **trouve bien qu**'on se **soit** rencontrés.	*Ich finde es gut, dass wir uns begegnet sind.*
Ça me plaît que tu m'**écrives** souvent.	*Es gefällt mir, dass du mir häufig schreibst.*
Je **déteste qu**'on ne **puisse** pas se voir tous les jours.	*Ich hasse es, dass wir uns nicht jeden Tag sehen können.*

4 ! Der ***Subjonctif*** steht nach Verben und Wendungen, die eine **persönliche Beurteilung** oder **Wertung** (gut, wichtig, falsch … finden) ausdrücken.

Weitere Verben und Wendungen dieser Gruppe:

c'est une chance que — es ist ein Glück, dass

il est … / c'est … / trouver …

bête que	*dumm, dass*	**important que**	*wichtig, dass*
bizarre que	*seltsam, dass*	**(im)possible que**	*(un)möglich, dass*
dommage que	*schade, dasss*	**bien que**	*gut, dass*
curieux que	*merkwürdig, dass*	**mauvais que**	*schlecht, dass*
génial que	*genial, dass*	**normal que**	*normal, dass*

Beachte:
Nach ***croire que, penser que, être convaincu(e) que, être sûr(e) que, être d'avis que*** und ***trouver que*** (ohne Adjektiv!) steht jedoch der **Indikativ**.

Je **crois que** nous **avons** un problème.	*Ich glaube, dass wir ein Problem haben.*
Je **pense que** nous **devons** chercher une solution.	*Ich denke, dass wir eine Lösung suchen müssen.*
Je **trouve qu**'il y **a** une solution à tout.	*Ich finde, dass es für alles eine Lösung gibt.*
Aber: Je **trouve bien qu**'il y **ait** une solution à tout.	*Ich finde es gut, dass es für alles eine Lösung gibt.*

Der ***Subjonctif*** wird verwendet, wenn Hauptsatz und Nebensatz (***que***-Satz) **unterschiedliche Subjekte** haben.
Bei nur **einem Subjekt** benutzt man den **Infinitiv**.

Mes parents veulent que **je** parte avec eux en vacances.	***Zwei*** *Subjekte* = ***Subjonctif***	**Meine Eltern** *wollen, dass* **ich** *mit ihnen in den Urlaub fahre.*
Mes parents veulent aller à Nice.	***Ein*** *Subjekt* = ***Infinitiv***	**Meine Eltern** *wollen nach Nizza fahren.*

MES PHRASES UTILES

Qu'est-ce que tu veux que je **fasse**?	*Was soll ich tun?*
Qu'est-ce que tu veux que je te **dise**?	*Was soll ich dir sagen?*
Faut qu'on y **aille**!	*Wir müssen los!*
Pas que je **sache**!	*Nicht, dass ich wüsste!*
Autant que je **sache**!	*Soweit ich weiß!*
Quoi que je **fasse**!	*Was ich auch immer mache!*
Où que je **sois**!	*Wo ich auch immer bin!*
Que tu le **veuilles** ou non!	*Ob du willst oder nicht!*
Vive(nt) les vacances!	*Ferien!!! (wörtl.:) Es leben die Ferien!*
Vive la France!	*Es lebe Frankreich!*

Atelier B

G 5 Le subjonctif après les conjonctions – Der Subjonctif nach Konjunktionen

Nun lernst du **Konjunktionen** kennen, die den Subjonctif auslösen. Sieh dir die Beispiele an.

J'écris dans ce blog **pour que** mes copains **sachent** ce que je fais et ce que je pense.	*Ich schreibe in diesem Blog, damit meine Freunde wissen, was ich mache und was ich denke.*
Mes copains sont allés voir le match **sans que** je **puisse** les accompagner.	*Meine Freunde haben sich das Spiel angesehen, ohne dass ich sie begleiten konnte.*
Je vais te téléphoner **avant que** nous **allions** au cinéma.	*Ich rufe dich an, bevor wir ins Kino gehen.*
Nous sommes partis pour la Norvège **bien qu**'il y **fasse** souvent froid en été.	*Wir sind nach Norwegen aufgebrochen, obwohl es dort im Sommer oft kalt ist.*

! Nach folgenden **Konjunktionen steht** immer der ***Subjonctif***:

pour que	damit	**sans que**	ohne dass	**avant que**	bevor
bien que	obwohl	**jusqu'à ce que**	bis dass		

Bei gleichem Subjekt im Haupt- und Nebensatz werden statt des *Subjonctif* Infinitivkonstruktionen verwendet. Schaue dir dazu die folgenden Sätze an.

J'écris dans ce blog pour que mes copains **sachent** ce que je fais et ce que je pense.	**Zwei unterschiedliche** Subjekte ↓ ***Subjonctif***	***Ich*** *schreibe in diesem Blog, damit* ***meine Freunde*** *wissen, was ich mache und was ich denke.*
J'écris dans ce blog **pour faire connaître mes idées**. (= J'écris dans ce blog. Je veux faire connaître mes idées.)	**Zwei gleiche** Subjekte ↓ **Infinitiv**	***Ich*** *schreibe in diesem Blog, um meine Ideen mitzuteilen.*

Das gilt ebenso für *avant que* (⟶ *avant de faire qc*), *afin que* (⟶ *afin de faire qc*) und *sans que* (⟶ *sans faire qc*).

MES PHRASES UTILES

- Pourquoi tu dis ça? – *Warum sagst du das?*
- Juste **pour que tu le saches**! / – *Nur damit du es weißt! /*
- **Pour que tu sois** au courant. – *Damit du auf dem Laufenden bist!*

Beachte:
Sätze mit *jusqu'à ce que* + *Subjonctif* kannst du manchmal auch einfacher ausdrücken:

Nous avons attendu **jusqu'à ce qu'elle soit de retour / … jusqu'à son retour**. – *Wir haben gewartet, bis sie zurück war / … bis zu ihrer Rückkehr.*

Ils ont attendu **jusqu'à ce qu'il arrive / jusqu'à son arrivée**. – *Sie haben gewartet, bis er ankam / … bis zu seiner Ankunft.*

TOUT COMPRIS? Tu trouves les solutions à la page 70.

1 Mets les infinitifs au **subjonctif**.

François et Valérie ne sont plus ensemble. Elle lui écrit un message.

a François, il faut que je te *(parler)*.
b Il ne faut pas que tu me *(mentir)*.
c Je ne trouve pas bien que tout le monde *(connaître)* nos problèmes.
d Je suis malheureuse que nous ne *(être)* plus amis.
e Je voudrais que vous *(savoir)*, toi et ta nouvelle copine, que je suis très triste.
f Je suis vraiment surprise que nos amis communs ne *(vouloir)* plus me rencontrer.
g Il est temps que nous nous *(voir)* et que nous *(discuter)* ouvertement.

2 **Indicatif** ou **subjonctif**? Utilise la forme correcte.

Laura, qui a fait un stage en France, parle à sa correspondante française.

a C'est une chance qu'il y *(avoir)* autant de contacts entre nos pays.
b Ça me plaît que nous *(pouvoir)* voyager sans problèmes.
c Pour bien connaître l'Allemagne, je propose que tu *(venir)* faire un stage ici.
d Je suis sûre que tu *(aller)* aimer mon pays.
e Je voudrais que tu *(faire)* des expériences intéressantes en Allemagne.
f Tu verras que presque tous les clichés *(être)* faux.
g Ça m'énerve qu'il *(falloir)* encore lutter contre les clichés.
h Mes copines françaises par exemple trouvent que je *(être)* comme elles.
i J'espère que nous nous *(revoir)* après ton stage.
j Je suis heureuse que vous, les élèves de «Camille Claudel», vous vous *(intéresser)* aux expériences de vos correspondants.

3 **Indicatif** ou **subjonctif**? Utilise la forme correcte. Attention aux conjonctions!

a Il ne sait pas quoi faire pour que ses parents le *(comprendre)*.
b Mes amis veulent passer les vacances d'été à Nice bien qu'il y *(faire)* très chaud.
c Il ne se passe pas une heure sans que mon frère *(appeler)*.
d Je ne veux pas aller à la fête demain parce que mon frère *(revenir)* de l'échange scolaire.
e Il faut arrêter la musique avant que ma mère *(arriver)*.
f Beaucoup de jeunes ne savent pas quoi faire après qu'ils *(avoir)* terminé l'école.
g Elle lui conseille d'apprendre le vocabulaire jusqu'à ce qu'il *(avoir)* des super notes.

Unité 3
Nice, visages d'une ville

Atelier A

G 6 La voix passive - Das Passiv

Das **Passiv** kennst du aus dem **Deutschen** und aus dem **Englischen**.

Deutsch: Die Kinder werden von den Springbrunnen angezogen.

Englisch: The children are attracted by the fountains.

Im **Französischen** wird das **Passiv** vor allem in der **Schriftsprache** verwendet.

Les fontaines	attirent	**les enfants.**	*Die Springbrunnen ziehen die Kinder an.*
Les **enfants**	**sont attirés**	**par les fontaines.**	*Die Kinder **werden** von den Springbrunnen angezogen.*

! Das **Passiv** wird gebildet aus einer Form von ***être*** und dem ***Participe passé*** des entsprechenden Verbs.
Das ***Participe passé*** richtet sich (wie auch sonst bei ***être*** ⟶ **R 17**) in **Genus** und **Numerus** nach dem **Subjekt** des Satzes.
Das Subjekt des Aktivsatzes *les fontaines* wird im Passivsatz mit ***par*** angeschlossen

Oft kann die „par-Ergänzung" auch fehlen. Der Satz wirkt dann förmlich. In der gesprochenen Sprache verwendet man in diesem Fall eher einen Aktivsatz mit **on** als Subjekt.

Geschrieben

Demain, une décision importante **sera prise**.
Morgen wird eine wichtige Entscheidung getroffen werden.

Gesprochen

Demain, **on prendra** une décision importante.

ÜBERSICHT:

Das Passiv kann wie im Deutschen in jedem **Tempus** und **Modus** gebildet werden.

Présent	je	**suis**		**invité(e)**	*ich werde / bin eingeladen*
Passé composé	tu	**as été**		**attendu(e)**	*du bist erwartet worden / du wurdest erwartet*
Plus-que-parfait	il	**avait été**		**blessé**	*er war verletzt worden*
Imparfait	elle	**était**		**filmée**	*sie ist gefilmt worden / sie wurde gefilmt*
Futur simple	nous	**serons**		**présenté(e)s**	*wir werden vorgestellt werden*
Conditionnel	vous	**seriez**		**invité(e)(s)**	*ihr würdet / Sie würden eingeladen werden*
Subjonctif	… qu'ils	**soient**		**entendus**	*… dass sie gehört werden*
Passé simple	elles	**furent**		**informées**	*sie sind informiert worden / sie wurden informiert*
	Konjugierte Verbform von ***être***		+	***Participe passé***	

Atelier B

G 7 Phrase passive en allemand, phrase active en français

Passivsatz im Deutschen, Aktivsatz im Französischen

In **G6** hast du bereits die Bildung des Passivs im Französischen kennengelernt.
Im Französischen sind Passivsätze im mündlichen Sprachgebrauch allerdings viel seltener als im Deutschen.

1. In den folgenden Fällen ist das Passiv im Französischen gar nicht möglich. Stattdessen wird ein Aktivsatz mit dem Subjekt **on** verwendet.

*In Frankreich **wird** viel Fisch **gegessen**.*
*Es **wurden** viele Ideen **entwickelt**.*

*Ihm ist **mitgeteilt worden**, dass …*

En France, **on mange** beaucoup de poisson.
On a developpé de nombreuses idées.

On l'a informé que …

2. Manchmal können Ausdrücke, die im Deutschen im Passiv stehen, im Französischen mit einer **reflexiven Konstruktion** wiedergegeben werden.

*Europa **wird** im Französischen mit „e" am Ende **geschrieben**.*	En français, «Europe» **s'écrit** avec un «e» à la fin.
*In Deutschland **werden** Medikamente vor allem in Apotheken **verkauft**.*	En Allemagne, les médicaments **se vendent** surtout en pharmacie.

MES PHRASES UTILES

Deutsche Ausdrücke mit „man"		Reflexive Konstruktionen im Französischen
*Den Kaffee **trinkt man** heiß.*	→	Le café **se boit** chaud.
*Dieses Gericht **isst man** kalt.*	→	Ce plat **se mange** froid.
*Das **sagt man** nicht.*	→	Cela/Ça ne **se dit** pas.
*Dieses Spiel **spielt man** zu viert.*	→	Ce jeu **se joue** à quatre.
*Diese Regel **kann man** leicht **erklären**.*	→	Cette règle **s'explique** facilement.

TOUT COMPRIS? Tu trouves les solutions à la page 70–71.

1 Mets les phrases au **passif**.

Un journaliste prépare un article sur le festival de Cannes.

a Les journalistes attendent la nouvelle star.
b Le président du jury a ouvert le festival.
c Un jury de professionnels choisira les meilleurs films.
d On montre les films au «Palais des festivals» ou au «Cinéma de la Plage».
e La ville de Cannes voudrait que beaucoup de touristes visitent le festival.

2 Traduis les phrases et mets-les à la forme active en utilisant **«on»** (O) ou une **construction réflexive** (R).

Pendant sa fête d'anniversaire, Sophie parle à ses invités.

a „Heute wird mein Geburtstag mit meinem Lieblingstanz gefeiert. (O)
b Diesen Tanz tanzt man zu sechst. (R)
c Die Schritte werden sehr schnell gemacht. (O)
d Nach dem Tanz wird gegessen.(O)
e Es werden viele vegetarische Gerichte angeboten.(O)
f Die Hauptgerichte werden warm gegessen." (R)

Unité 4
Lire!

Atelier A

G 8 Le passé simple – Das Passé simple

TU TE RAPPELLES?

Als Zeitformen der Vergangenheit kennst du schon:
das ***Imparfait*** und das ***Passé composé*** (⟶ **R 18**)
sowie das ***Plus-que-parfait*** (⟶ **R 17**).

Elle **faisait** ses devoirs quand son frère lui **a téléphoné**.	*Sie machte (gerade) ihre Hausaufgaben, als ihr Bruder sie anrief.*
Elle **s'était disputée** avec son père.	*Sie hatte sich mit ihrem Vater gestritten.*

Mit dem **Passé simple** lernst du eine weitere Zeitform der Vergangenheit kennen.

1. Gebrauch

Das ***Passé simple*** hat die **gleiche Funktion** wie das ***Passé composé***, wird aber vor allem in **literarischen Texten** und **historischen Berichten** verwendet.
Das ***Passé simple*** kommt meistens in der **3. Person Singular und Plural** vor.

Imparfait / **Passé composé**	Imparfait / **Passé simple**
L'écrivain raconte ses expériences à des amis: Oui, les cours d'allemand ne nous **intéressaient** pas. Et pendant que le prof **expliquait** la grammaire, nous **pensions** à autre chose.	*L'écrivain a écrit un roman sur ses expériences:* Oui, les cours d'allemand ne nous **intéressaient** pas. Et pendant que le prof **expliquait** la grammaire, nous **pensions** à autre chose.

Mais un jour, il **a arrêté** de travailler. Puis une nouvelle prof **est arrivée**.
Et tout à coup, tout **a changé**.
Les cours **sont devenus** plus intéressants.

In **gesprochener** und **geschriebener** Sprache

Mais un jour, il **arrêta** de travailler.
Puis une nouvelle prof **arriva**.
Et tout à coup, tout **changea**.
Les cours **devinrent** plus intéressants.

Vor allem in **literarischen Texten** und **historischen Berichten**

2. Formen

In der folgenden Übersicht sind die ***Passé simple*-Formen** einiger regelmäßiger und unregelmäßiger Verben aufgeführt.

		je / j'	tu	il / elle / on	nous	vous	ils / elles
Verben auf *-er*	**demander**	demandai	demandas	**demanda**	demandâmes	demandâtes	**demandèrent**
	fragen	[dəmɑ̃dɛ]	[dəmɑ̃da]	[dəmɑ̃da]	[dəmɑ̃dam]	[dəmɑ̃dat]	[dəmɑ̃dɛʀ]
Verben auf *-ir*	**choisir**	choisis	choisis	**choisit**	choisîmes	choisîtes	**choisirent**
	wählen	[ʃwazi]	[ʃwazi]	[ʃwazi]	[ʃwazim]	[ʃwazit]	[ʃwaziʀ]
Verben auf *-dre*	**répondre**	répondis	répondis	**répondit**	répondîmes	répondîtes	**répondirent**
	antworten	[ʀepɔ̃di]	[ʀepɔ̃di]	[ʀepɔ̃di]	[ʀepɔ̃dim]	[ʀepɔ̃dit]	[ʀepɔ̃diʀ]
Unregelmäßige Verben	**avoir**	eus	eus	**eut**	eûmes	eûtes	**eurent**
	haben	[y]	[y]	[y]	[ym]	[yt]	[yʀ]
	être	fus	fus	**fut**	fûmes	fûtes	**furent**
	sein	[fy]	[fy]	[fy]	[fym]	[fyt]	[fyʀ]
	dire	dis	dis	**dit**	dîmes	dîtes	**dirent**
	sagen	[di]	[di]	[di]	[dim]	[dit]	[diʀ]
	faire	fis	fis	**fit**	fîmes	fîtes	**firent**
	machen	[fi]	[fi]	[fi]	[fim]	[fit]	[fiʀ]
	prendre	pris	pris	**prit**	prîmes	prîtes	**prirent**
	nehmen	[pʀi]	[pʀi]	[pʀi]	[pʀim]	[pʀit]	[pʀiʀ]
	venir	vins	vins	**vint**	vînmes	vîntes	**vinrent**
	kommen	[vɛ̃]	[vɛ̃]	[vɛ̃]	[vɛ̃m]	[vɛ̃t]	[vɛ̃ʀ]

Das ***Passé Simple*** kommt in der **3. Person Singular und Plural** am häufigsten vor.
Du solltest diese Formen beim Lesen wiedererkennen.
Du kannst die 3. Person Singular und Plural des ***Passé simple*** aller Verben auf den Seiten 61–69 nachschlagen.

Atelier B

G 9 Le verbe *craindre* – Das Verb **craindre**

Ebenso werden konjugiert:
peindre (malen),
se plaindre de qc (sich über etw. beklagen).

Voici Abraracourcix. Il ne **craint** qu'une chose: c'est que le ciel lui tombe sur la tête.

> **!**
>
> Das Verb **craindre** kann unterschiedlich verwendet werden:
>
> - craindre qc — Les animaux **craignent** le feu.
> - craindre de + infinitif — Je **crains de** tomber malade.
> - **craindre que + subjonctif** — Léo **craint que** son équipe perde le match.

	craindre	[kʀɛ̃dʀ]	***fürchten***
je	**crains**	[ʒəkʀɛ̃]	*ich fürchte*
tu	**crains**	[tykʀɛ̃]	*du fürchtest*
il	**craint**	[ilkʀɛ̃]	*er fürchtet*
elle	**craint**	[ɛlkʀɛ̃]	*sie fürchtet*
on	**craint**	[ɔ̃kʀɛ̃]	*man fürchtet*
nous	**craignons**	[nukʀɛɲɔ̃]	*wir fürchten*
vous	**craignez**	[vukʀɛɲe]	*ihr fürchtet*
ils	**craignent**	[ilkʀɛɲ]	*sie fürchten*
elles	**craignent**	[ɛlkʀɛɲ]	

Impératif:
Crains ...
Craignons ...
Craignez ...

Passé composé:
j'ai craint

Imparfait:
je **craignais**

Futur simple:
je **craindrai**

Conditionnel présent:
je **craindrais**

Subjonctif:
que je **craigne**

MES PHRASES UTILES

- Je **crains** qu'il pleuve (Attention: subjonctif!) et **j'ai peur** de l'orage.
- De quoi tu te **plains**?
- Tu vois ces gros nuages noirs? Ça **craint**! (fam.)
- Ne t'inquiète pas! On n'a rien à **craindre**!
- Je **crains** de perdre mes clés.
- Je **crains** l'examen d'allemand. Toi aussi?
- Ma meilleure amie est très créative et elle **peint** très bien.

- *Ich fürchte, dass es regnen wird, und ich fürchte mich vor dem Gewitter (Achtung: „se craindre" gibt es nicht).*
- *Worüber beklagst du dich?*
- *Siehst du diese großen schwarzen Wolken? Das sieht schlimm aus!*
- *Keine Sorge! Wir haben nichts zu befürchten!*
- *Ich habe Angst, dass ich meine Schlüssel verliere.*
- *Ich habe Angst vor der Deutschklausur. Du auch?*
- *Meine beste Freundin ist sehr kreativ und sie malt sehr gut.*

TOUT COMPRIS? Tu trouves les solutions à la page 71.

1 Mets les formes du **passé simple** au passé composé.

Dans son roman, l'écrivain écrit:

a Puis, un jour, notre professeure d'allemand **organisa** un échange avec un «Gymnasium» allemand.
b D'abord, notre classe **alla** en Allemagne pour une semaine.
c Après, les élèves allemands **vinrent** chez nous.
d C'était un échange génial! Et les élèves **comprirent** que parler allemand, ça servait vraiment à quelque chose.
e Un des élèves **devint** même professeur d'allemand.

2 Trouve les formes du **passé simple** et mets-les au passé composé.

a Il était une fois une petite fille très pauvre. Quand elle avait dix ans, ses parents moururent.
b Alors, un jour, elle mit du pain et un peu de viande dans son sac et quitta son village.
c Sur la route, elle vit un petit garçon qui vint vers elle.
d Alors, ils parlèrent ensemble.
e Puis le garçon lui demanda: «Tu me donnes un peu de pain? J'ai très faim.»
f Et la fille lui donna tout son pain.
g Le garçon mangea le pain et partit.
h Tout à coup, la fille entendit une voix qui lui disait d'ouvrir son sac.
i Et quand elle ouvrit son sac …

3 Mets les verbes à la forme correcte.

a Mon frère **?** *(peindre)* très bien! Tu as déjà vu ses peintures pour les BD?
b Il a aussi un programme de dessin pour son ordinateur! C'est cool! Comment tu **?** *(peindre)*, toi?
c Pas mal! Moi, j'en ai un aussi! Mais depuis deux jours mon ordinateur ne marche plus! Je **?** *(craindre)* que ce soit un virus.
d A ta place, je **?** *(se plaindre)* à ton fournisseur (Provider).
e Au fait, mes copains **?** *(peindre, passé composé)* leurs BD sans ordinateur.
f Ils **?** *(craindre)* que les dessins numériques soient moins naturels.

Unité 5

Destination le Maroc

Atelier A

G 10 L'accord du participe passé avec *avoir*

Die Angleichung des Participe passé in Verbindung mit **avoir**

TU TE RAPPELLES?

Du weißt, dass bei zusammengesetzten Zeiten mit ***être*** das ***Participe passé*** nach Numerus und Genus an das Subjekt angeglichen werden muss:

Mon amie marocaine est venu**e** en Allemagne pour participer à un échange.	*Meine marokkanische Freundin ist nach Deutschland gekommen, um an einem Austausch teilzunehmen.*
Ce matin, les trains de Rabat sont arrivé**s** avec un retard de dix minutes.	*Heute Morgen sind die Züge aus Rabat mit einer zehnminütigen Verspätung angekommen.*
Marie et Julie sont rentré**es** très tard de leur randonnée dans les montagnes de l'Atlas.	*Marie und Julie sind sehr spät von ihrem Ausflug ins Atlasgebirge zurückgekehrt.*
Tu connais Amel et Kamel, mes meilleurs copains? Ils sont venu**s** hier. Quelle chance!	*Kennst du Amel und Kamel, meine besten Freunde? Sie sind gestern gekommen. Was für ein Glück!*

In der Regel wird das ***Participe passé*** **mit *avoir* nicht verändert.** In bestimmten Fällen muss es aber angeglichen werden.

Hier noch ein Tipp! Falls du das Passé composé und die Angleichung des Participe passé im Detail wiederholen möchtest, schau dir **R17** an!

1. – Tu as lu le dernier article sur le Maroc?
   – Non, je ne **l'**ai pas encore lu. Mais regarde ces journaux sur la table. Je **les** ai déjà lu**s**.
2. – Nous avons visité Ouarzazate et nous avons pris beaucoup de photos.
   – Voilà les photos **que** nous avons pris**es** à l'entrée.
3. – J'ai acheté des billets pour l'exposition sur l'Afrique du Nord.
   – **Combien** de billets est-ce que tu as acheté**s**?
   – J'ai donné la carte à Marc.
   – **Quelle** carte est-ce que tu lui as donné**e**?

direktes Objekt steht **nach** dem Verb:
⟶ keine Veränderung

direktes Objekt steht **vor** dem Verb:
⟶ Veränderung

!

Bei den zusammengesetzten Zeiten mit ***avoir*** verändert sich das ***Participe passé*** nur dann, wenn ihm ein **direktes Objekt vorausgeht**.
Dieses direkte Objekt kann sein:
- ein **direktes Objektpronomen** *me, te, la, les, nous, vous* (⟶ 1.).
- das **Relativpronomen *que*** (⟶ 2.) oder
- die **Fragewörter *combien de*** + Nomen oder ***quelle, quels, quelles*** + Nomen (⟶ 3.)

Das *Participe passé* richtet sich in **Genus** und **Numerus** nach dem **direkten Objekt**.

TOUT COMPRIS? Tu trouves les solutions à la page 71.

Passé composé avec *avoir*. Choisis le **participe passé** correct et fais attention à l'**accord**.

Lucie écrit à sa meilleure amie, Amélie, pour lui raconter son voyage dans l'Atlas.

a Chère Amélie, je vais te raconter la randonnée que j'ai *fait / faite / faites* dans les montagnes de l'Atlas.
b Tu sais quels animaux nous avons *vus / vues / vu*? Beaucoup de reptiles très différents.
c Et on a découvert des belles plantes que j'ai *pris / prise / prises* en photo.
d Tôt le matin, nous avions mis des pulls mais nous les avons rapidement *quittés / quitté / quittées* car il faisait trop chaud.
e Imagine combien de degrés nous avons *eu / eues / eus*? Au moins 37 °C!
f Alors cet endroit, on l'a vite *quitté / quittée / quittées* pour aller nager dans un lac de montagne.
g Au centre du lac, il y avait une petite île que nous avons *trouvé / trouvés / trouvée* très jolie.
h Tu sais combien d'heures nous avons *passé / passés / passées* sur cette île?
i Au moins trois! Quelle belle journée nous avons *vécue / vécu / vécues*!

R

Révisions

1 Le pluriel des noms: cas particuliers

un bra**s**		des bra**s**		*ein Arm / Arme*
un bu**s**		des bu**s**		*ein Bus / Busse*
un couscou**s**		des couscou**s**		*ein Couscous / Couscous*
un do**s**		des do**s**		*ein Rücken / Rücken*
un fil**s**		des fil**s**		*ein Sohn / Söhne*
un ju**s**		des ju**s**		*ein Saft / Säfte*
un moi**s**		des moi**s**		*ein Monat / Monate*
un pay**s**		des pay**s**		*ein Land / Länder*
un printemp**s**		des printemp**s**		*ein Frühling / Frühlinge*
un puit**s**		des puit**s**		*ein Brunnen / Brunnen*
un repa**s**		des repa**s**		*eine Mahlzeit / Mahlzeiten*
un succè**s**		des succè**s**		*ein Erfolg / Erfolge*
une voi**x**		des voi**x**		*eine Stimme / Stimmen*
un bat**eau**	[o]	des bat**eaux**	[o]	*ein Boot / Boote*
un bur**eau**		des bur**eaux**		*ein Arbeitszimmer / Arbeitszimmer* *ein Schreibtisch / Schreibtische*
un cad**eau**		des cad**eaux**		*ein Geschenk / Geschenke*
un chap**eau**		des chap**eaux**		*ein Hut / Hüte*
un chât**eau**		des chât**eaux**		*ein Schloss / Schlösser*
un cout**eau**		des cout**eaux**		*ein Messer / Messer*
un drap**eau**		des drap**eaux**		*eine Fahne / Fahnen*
une **eau**		des **eaux**		*ein Wasser / Wasser*
un gât**eau**		des gât**eaux**		*ein Kuchen / Kuchen*
un morc**eau**		des morc**eaux**		*ein Stück / Stücke*
un nouv**eau**		des nouv**eaux**		*ein Neuer / Neue*
un rés**eau**		des rés**eaux**		*ein Netz / Netze*
un train**eau**		des train**eaux**		*ein Schlitten / Schlitten*
un chev**eu**	[ø]	des chev**eux**	[ø]	*ein Haar / Haare*
un j**eu**		des j**eux**		*ein Spiel / Spiele*
un anim**al**	[al]	des anim**aux**	[o]	*ein Tier / Tiere*
un chev**al**		des chev**aux**		*ein Pferd / Pferde*
un journ**al**		des journ**aux**		*eine Zeitung / Zeitungen*
un hôpit**al**		des hôpit**aux**		*ein Krankenhaus / Krankenhäuser*
un festiv**al**		des festivals **!**		*ein Festival / Festivals*
un **œil**	[ɛ̃nœj]	des **yeux**	[dezjø]	*ein Auge / Augen*
madame	[madam]	**mes**dame**s**	[medam]	*meine Dame / meine Damen*
monsieur	[məsjø]	**mes**sieur**s**	[mesjø]	*mein Herr / meine Herren*

une BD	des BD	*ein Comic / Comics*
un CD	des CD	*eine CD / CDs*
un DVD	des DVD	*eine DVD / DVDs*
un quiz	des quiz	*ein Quiz / Quiz*
un TGV	des TGV	*ein TGV / TGVs*
une chaîne de télévision	des chaîne**s** de télévision	*ein Fernsehsender / Fernsehsender*
un ju**s** de pomme	des ju**s** de pomme	*ein Apfelsaft / Apfelsäfte*
un moyen de transport	des moyen**s** de transport	*ein Verkehrsmittel / -mittel*
un chef-d'œuvre [ɛ̃ʃɛdœvʀ]	des chef**s** -d'œuvre [deʃɛdœvʀ]	*ein Meisterwerk/Meisterwerke*
un coup de téléphone	des coup**s** de téléphone	*ein Telefonanruf / -anrufe*
une pomme de terre	des pomme**s** de terre	*eine Kartoffel / Kartoffeln*
une salle de cours	des salle**s** de cours	*ein Klassenzimmer / -zimmer*
une aire de repos	des aire**s** de repos	*ein Rastplatz / -plätze*
une salle de bains	des salle**s** de bains	*ein Badezimmer / -zimmer*
une maison de la presse	des maison**s** de la presse	*ein Zeitschriftenladen / -läden*
un jeu vidéo	des jeu**x** vidéo	*ein Computerspiel / -spiele*
un petit-déjeuner	des petit**s**-déjeuner**s**	*ein Frühstück / Frühstücke*
une grand-mère	des grand**s**-mère**s**	*eine Großmutter / Großmütter*
un grand-père	des grand**s**-père**s**	*ein Großvater / Großväter*
	des grand**s**-parent**s**	*Großeltern*
un kilomètre carré	des kilomètre**s** carré**s**	*ein Quadratkilometer / Quadratkilometer*
	les Mollet	*die Mollets / die Familie Mollet (Familienname)*

TOUT COMPRIS? Tu trouves les solutions à la page 71.

Ecris le **pluriel** des noms suivants dans ton cahier.

un château
un SMS
un drapeau
un jeu
un pas
une grand-mère
un hôpital
un concours
un moyen de transport
une voix
un jus

2 Les articles

1 Der **bestimmte Artikel**:
Im **Singular** heißt der **bestimmte Artikel *le*** (maskulin) und ***la*** (feminin).
Vor **Vokal** und **„stummem h“** werden ***le*** und ***la*** zu ***l’*** verkürzt.
Im **Plural** gibt es nur eine **Form**: ***les***.

Tu es	**le**	frère d’Alex?	*Bist du Alex’ Bruder?*
Tu es	**la**	sœur de Jérôme?	*Bist du Jérômes Schwester?*
Tu es	**l’**	ami de Sacha?	*Bist du Sachas Freund?*
Tu connais	**l’**	histoire?	*Kennst du die Geschichte?*
Vous êtes	**les**	copain**s** de Clara?	*Seid ihr Claras Freunde?*
Vous êtes	**les**	copine**s** de Julien?	*Seid ihr Juliens Freundinnen?*

2 Der **unbestimmte Artikel**:
Im **Singular** heißt der **unbestimmte Artikel *un*** (maskulin) und ***une*** (feminin).
Im **Plural** gibt es nur **eine Form**: ***des***.

Tu as	**un**	copain?	*Hast du einen Freund?*
Tu as	**une**	copine?	*Hast du eine Freundin?*
Tu as	**des**	copain**s**?	*Hast du Freunde?*
Tu as	**des**	copine**s**?	*Hast du Freundinnen?*

3 Der **Teilungsartikel**:
Der Teilungsartikel wird aus ***de*** und dem **bestimmten Artikel** gebildet.
Er drückt eine **unbestimmte Menge** aus und steht vor **Nomen im Singular**. Der **unbestimmte Artikel Plural *des*** drückt ebenfalls eine **unbestimmte Menge** aus, steht aber vor **Nomen im Plural**.
Im **Deutschen** steht in beiden Fällen **kein Artikel**.

J’achète	**du**	sucre,	*Ich kaufe*	_	*Zucker,*
	de la	farine et		_	*Mehl und*
	de l’	eau.		_	*Wasser.*
Tu achètes	**des**	orange**s**?	*Kaufst du*	_	*Orangen?*

4 Nach ***adorer*, *aimer*, *détester*, *préférer*** steht **kein unbestimmter Artikel Plural** und **kein Teilungsartikel**, sondern der **bestimmte Artikel**.

J’**aime**	**les**	jus de fruits.	*Ich mag*	_	*Fruchtsäfte.*
Je **déteste**	**le**	coca.	*Ich hasse*	_	*Cola.*

TOUT COMPRIS? Tu trouves les solutions à la page 71.

Mets le bon **article**.

a – Pour mes 16 ans, je vais organiser **?** fête.
b – Où est-ce que tu vas la faire, **?** fête?
c – Dans **?** jardin, derrière notre maison.
d J’espère qu’on aura **?** beau temps.
e Comme boissons, je vais acheter **?** eau et **?** jus de pomme.
f Et pour manger, je vais préparer **?** crêpes.
g Tous mes amis vont adorer **?** crêpes.

3 Les expressions de quantité

1 Mengen können durch **Mengenangaben** näher bestimmt werden.
Zwischen Mengenangabe und folgendem Nomen steht ein ***de*** bzw. ***d'***.

Tu manges	**combien**	**de**	viande	*Wie viel …*	_	*Fleisch …?*
Je mange	**beaucoup**	**de**	viande,	*… viel*	_	*Fleisch,*
	trop	**d'**	œufs et	*zu viele*	_	*Eier und*
	peu	**de**	fruits.	*wenig*	_	*Obst.*
Je ne mange pas	**assez**	**de**	légumes.	*nicht genug*	_	*Gemüse.*
J'achète	1 **kilo**	**de**	tomates,	*… 1 Kilo*	_	*Tomaten,*
	250 **grammes**	**de**	beurre,	*250 Gramm*	_	*Butter,*
	3 **bouteilles**	**d'**	eau et	*3 Flaschen*	_	*Wasser und*
	1 **litre**	**de**	lait.	*1 Liter*	_	*Milch.*

2 ***Ne … pas de, ne … plus de*** und ***ne … jamais de*** verhalten sich wie **Mengenangaben** (Menge = 0). Vor dem darauf folgenden Nomen steht ein ***de*** bzw. ***d'***.

Je **ne** mange	**pas**	**de**	chocolat.	*… keine*	_	*Schokolade.*
Je **ne** bois	**plus**	**de**	limonade.	*… keine*	_	*Limonade mehr.*
Je **n'**ai	**jamais**	**d'**	argent.	*… nie(mals)*	_	*Geld.*

TOUT COMPRIS? Tu trouves les solutions à la page 71.

1 Traduis. Ecris les phrases dans ton cahier. (Regarde aussi la révision sur les articles ⟶ R 2.)

a Ich esse häufig Schokolade, zu viel Schokolade.
b Ich trinke viel Wasser, jeden Tag 2 Liter Wasser.
c Ich esse nicht genug Salat.
d Ich trinke jeden Tag ein wenig Milch.
e Ich kaufe nie Cola, ich mag keine Cola.
f Ich will Käse kaufen: 200 Gramm Camembert. Magst du Käse als Nachtisch?

Le camembert

2 Lis ces phrases. Trouve les trois phrases avec une faute et écris-les correctement dans ton cahier.

a Je n'aime pas des frites.
b Je fais beaucoup de sport.
c Chaque jour, je bois deux litres du lait.
d Tu ne bois pas de lait?
e Je n'ai jamais mangé de moules.
f Tu manges combien pain?

4 Les adjectifs possessifs

1 ***Mon, ma, ton, ta, son, sa, mes, tes, ses*** beziehen sich auf **einen „Besitzer"**.
Im **Singular** wird zwischen **maskulin** und **feminin** unterschieden.
Im **Plural** gibt es für maskulin und feminin nur **eine Form**.

Où est	**mon**	frère?	*Wo ist mein Bruder?*
Où est	**ma**	sœur?	*Wo ist meine Schwester?*
Voilà	**ton**	frère.	*Da ist dein Bruder.*
Voilà	**ta**	sœur.	*Da ist deine Schwester.*
Louis cherche	**son**	frère.	***Louis** sucht seinen Bruder.*
Louise cherche	**sa**	sœur.	***Louise** sucht ihre Schwester.*

Ein „Besitzer" vor Nomen im **Singular!**

Où sont	**mes**	frère**s**?	*Wo sind meine Brüder?*
Où sont	**mes**	sœur**s**?	*Wo sind meine Schwestern?*
Voilà	**tes**	frère**s**.	*Da sind deine Brüder.*
Voilà	**tes**	sœur**s**.	*Da sind deine Schwestern.*
Louis cherche	**ses**	frère**s**.	***Louis** sucht seine Brüder.*
Louise cherche	**ses**	sœur**s**.	***Louise** sucht ihre Schwestern.*

Ein „Besitzer" vor Nomen im **Plural!**

2 Vor einem **Nomen** im **Singular**, das mit **Vokal** oder „**stummem h**" beginnt,
steht **immer** ***mon, ton, son***, auch wenn das Nomen feminin ist.

C'est	**mon**	**i**dée et	*Das ist meine Idee und*
c'est	**mon**	**h**istoire.	*das ist meine Geschichte.*

3 Die Possessivbegleiter **richten** sich immer nur nach dem **Nomen, vor** dem sie stehen.
Das gilt auch für ***son, sa, ses***. Das ist anders als im Deutschen.

Louis cherche	**sa**	**copine**.	***Louis** sucht*	***seine***	*Freundin.*
Louise cherche	**sa**	**copine**.	***Louise** sucht*	***ihre***	*Freundin.*

4 ***Notre, votre, leur, nos, vos, leurs*** beziehen sich auf **mehrere „Besitzer"**.
Für **maskulin** und **feminin** gibt es nur **eine Form**.

Où est	**notre**	copain?	*Wo ist unser Freund?*
Où est	**notre**	copine?	*Wo ist unsere Freundin?*
Voilà	**votre**	copain.	*Da ist euer Freund.*
Voilà	**votre**	copine.	*Da ist eure Freundin.*
Louise et Louis			***Louise und Louis***
cherchent	**leur**	copain.	*suchen ihren Freund.*
Ils cherchent	**leur**	copine.	*Sie suchen ihre Freundin.*

Mehrere „Besitzer" vor Nomen im **Singular!**

Où sont	**nos**	copain**s**?	*Wo sind unsere Freunde?*
Où sont	**nos**	copine**s**?	*Wo sind unsere Freundinnen?*
Voilà	**vos**	copain**s**.	*Da sind eure Freunde.*
Voilà	**vos**	copine**s**.	*Da sind eure Freundinnen.*
Louise et Louis			***Louise und Louis***
cherchent	**leurs**	copain**s**.	*suchen ihre Freunde.*
Ils cherchent	**leurs**	copine**s**.	*Sie suchen ihre Freundinnen.*

Mehrere „Besitzer" vor Nomen im **Plural!**

5 ***Votre*** und ***vos*** können wie ***vous*** auch **Höflichkeitsform** sein.

Pardon, madame Racine, **vous** cherchez **votre** chien et **vos** chats?

*Entschuldigen **Sie**, Frau Racine, suchen **Sie** **Ihren** Hund und **Ihre** Katzen?*

6 Um zwischen ***son/sa*** und ***ses*** sowie zwischen ***leur*** und ***leurs*** zu unterscheiden, achte auf die Anzahl der „Besitzer" und darauf, ob das folgende Nomen im Singular oder im Plural steht.

son chien
↓
ein „Besitzer".
Nomen im **Singular**

ses chien**s**
↓
ein „Besitzer".
Nomen im **Plural**

leur chien
↓
mehrere „Besitzer".
Nomen im **Singular**

leurs chien**s**
↓
mehrere „Besitzer".
Nomen im **Plural**

TOUT COMPRIS? Tu trouves les solutions à la page 71.

1 Complète avec *mon, ma, mes, ton, ta, tes, notre, nos, votre, vos*.

a – Qu'est-ce que tu fais pour retrouver **?** bonne humeur?
b – Pour retrouver **?** bonne humeur, je fais du vélo avec **?** copains.
c – Je connais **?** copains?
d – Je crois que tu ne connais que **?** amie Lucie.
e – Lucie est **?** meilleure amie?
f – Oui, et nous passons presque tout **?** temps ensemble.
g – Et quelles sont **?** activités préférées?
h – Faire du vélo, et jouer au tennis avec **?** parents. Ah, voilà **?** père. Tu vois, il a un nouveau vélo.
i – Bonjour, monsieur. **?** nouveau vélo est super!

2 Complète avec *son, sa, ses, leur* ou *leurs*.

a Vanessa et Lucie font souvent du vélo avec **?** copains.
b Vanessa joue aussi au tennis avec **?** parents.
c Ils vont dans **?** club de tennis chaque semaine.
d Entre le tennis et le vélo, Vanessa préfère le tennis. C'est **?** activité préférée.
e Lucie est **?** meilleure amie. Elle, elle aime mieux le vélo.

5 Les adjectifs interrogatifs, démonstratifs et indéfinis

1 Der **Fragebegleiter *quel***, der **Demonstrativbegleiter *ce*** sowie der **unbestimmte Begleiter *tout*** richten sich alle in **Genus** (maskulin / feminin) und **Numerus** (Singular / Plural) nach dem **Nomen**, zu dem sie gehören. Dabei sind im Einzelnen die folgenden Besonderheiten zu beachten:

2 ***Quel:*** Alle Formen werden außer in der Bindung **gleich ausgesprochen**: [kɛl].

Tu vas à	**quel** collège?	*Auf welches „collège" gehst du?*
Tu es en	**quelle** classe?	*In welcher Klasse bist du?*
Tu aimes	**quels** exercices?	*Welche Übungen magst du?*
Tu aimes	**quelles** activités?	*Welche Freizeitbeschäftigungen magst du?*

3 Der Fragebegleiter ***quel*** wird auch vor ***être*** angeglichen.

Quelles sont tes **activités** préférées? — *Welche sind deine Lieblingsbeschäftigungen?*

4 ***Ce:*** Im **Singular** steht vor maskulinen Nomen, die mit Vokal oder „stummem h" beginnen, die Sonderform ***cet***. Im **Plural** gibt es nur eine **Form: *ces***.

Regarde	**ce** vélo,	*Schau dir dieses Fahrrad,*
	cet ordinateur,	*diesen Computer,*
	cet hôtel,	*dieses Hotel,*
	cette guitare,	*diese Gitarre,*
	ces rollers et	*diese Inliner und*
	ces affiches.	*diese Plakate an.*

5 ***Tout:*** Nach ***tout*** als Begleiter steht ein **zweiter Begleiter**, z. B. ***le, sa, ces …***
Tout als Begleiter hat **zwei Bedeutungen**: im **Singular „ganz"**, im **Plural „alle"**.

Mon père lit	**tout**	**le**	temps.	*Mein Vater liest die ganze Zeit.*
Il lit	**toute**	**sa**	vie.	*Er liest (schon) sein ganzes Leben lang.*
Il a lu	**tous**	**ces**	livres et	*Er hat alle diese Bücher und*
	toutes	**ces**	BD.	*alle diese Comics gelesen.*

TOUT COMPRIS? Tu trouves les solutions à la page 71.

Deux jeunes sont en train de faire du shopping.
Complète avec la forme correcte de ***quel***, de ***ce*** ou de ***tout***.
Ecris les phrases dans ton cahier.

a – Regarde ? ? vêtements: ? ? pantalons et ? ? chaussures!

b – Comment est-ce que tu trouves ? anorak et ? casquette?

c – ? anorak et ? casquette?

d – Là, derrière ? jean. ? sont tes couleurs préférées?

e – Arrête. Elles ne me plaisent pas, ? ? fringues. Partons. Je n'ai pas envie de passer ? la journée ici. ? le monde n'aime pas les marchés aux puces!

6 Les adjectifs

1. Angleichung und Formen

1 Das **Adjektiv** richtet sich in **Genus** (maskulin / feminin) und **Numerus** (Singular / Plural) nach dem **Nomen**, zu dem es gehört.
Grundregel: Die **feminine Form** wird gebildet, indem ein **-*e*** an die maskuline Form gehängt wird. Der **Plural** wird gebildet, indem ein **-*s*** an die Singularform gehängt wird.

un	pull	vert	[vɛʀ]	*ein grüner Pulli*
une	casquette	vert**e**	[vɛʀ**t**]	*eine grüne Kappe*
des	pull**s**	vert**s**	[vɛʀ]	*grüne Pullis*
des	casquette**s**	verte**s**	[vɛʀ**t**]	*grüne Kappen*

2 Gehört ein Adjektiv zu einem **maskulinen und** zu einem **femininen** Nomen, steht im **Plural** die **maskuline** Form.

des pull**s** et des casquette**s** vert**s** — *grüne Pullis und Kappen*

3 Das Adjektiv wird auch nach ***être*** angeglichen. Das ist anders als im Deutschen.

Le	pull	est	vert.	*Der*	*Pulli*	*ist*	*grün.*
La	casquette	est	vert**e**.	*Die*	*Kappe*	*ist*	
Les	pull**s**	sont	vert**s**.	*Die*	*Pullis*	*sind*	
Les	casquette**s**	sont	verte**s**.	*Die*	*Kappen*	*sind*	

4 Bei der Bildung der Adjektive hast du die folgenden **Haupttypen** kennengelernt:

1. Feminin-Endung **hörbar**, z. B.:

allemand [almɑ̃], allemand**e** [almɑ̃**d**]	*deutsch*
content [kɔ̃tɑ̃], content**e** [kɔ̃tɑ̃**t**]	*zufrieden*
court [kuʀ], court**e** [kuʀ**t**]	*kurz*

Ebenso: chaud(e), blond(e), froid(e), grand(e), gratuit(e), fort(e), ouvert(e), petit(e), prêt(e), vert(e), important(e), impressionnant(e), indépendant(e), intéressant(e), passionnant(e), différent(e), etc.

2. Feminin-Endung **nicht hörbar**, z. B.:

bleu, bleu**e** [blø]	*blau*
joli, joli**e** [ʒɔli]	*hübsch*
seul, seul**e** [sœl]	*allein*

Ebenso: demi(e), fini(e), poli(e), vrai(e), clair(e), dur(e), noir(e), sûr(e), concentré(e), fatigué(e), fermé(e), gêné(e), occupé(e), oublié(e), préféré(e), stressé(e), sucré(e), connu(e), etc.

3. Feminin- und Maskulin-Endung **gleich** (mit **-*e*** schon im Maskulinum), z. B.:

facile, facile [fasil]	*leicht*
pauvre, pauvre [povʀ]	*arm*
vide, vide [vid]	*leer*

Ebenso: autre, belge, bête, bizarre, célèbre, classique, débile, difficile, dingue, drôle, écologique, étrange, fantastique, grave, humanitaire, impossible, incroyable, jaune, juste, malade, même, moderne, pâle, possible, pratique, rouge, simple, sombre, timide, triste, etc.

4. Singular- und Plural-Endung im Maskulinum **gleich** (mit **-*s*** oder **-*x*** schon im Singular), z. B.:

Sg. françai**s**, français**e**	*französisch*
Pl. françai**s**, française**s**	
Sg. heureu**x**, heureus**e**	*glücklich*
Pl. heureu**x**, heureuse**s**	

Ebenso: anglais(e), gris(e), mauvais(e), québécois(e), amoureux(-se), courageux(-se), curieux(-se), dangereux(-se), ennuyeux(-se), délicieux(-se), jaloux(-se), (mal)heureux(-se), mystérieux(-se), sérieux(-se), etc.

5. Adjektive mit **Besonderheiten** in der Schreibweise oder in der Aussprache, z.B.: (Diese Adjektive lernst du am besten einzeln.)	annuel, annue**ll**e [anyɛl, anyɛl]	*jährlich*
	materne**l**, materne**ll**e [matɛʀnɛl, matɛʀnɛl]	*mütterlich*
	nul, nu**ll**e [nyl, nyl]	*blöd*
	officiel, officie**ll**e [ɔfisjɛl, ɔfisjɛl]	*offiziell*
	gentil, genti**ll**e [ʒɑ̃ti, ʒɑ̃tij]	*nett*
	cher, ch**è**re [ʃɛʀ, ʃɛʀ]	*lieb / teuer*
	dernier, derni**è**re [dɛʀnje, dɛʀnjɛʀ]	*letzter / letzte / letztes*
	entier, enti**è**re [ɑ̃tje, ɑ̃tjɛʀ]	*ganz / völlig*
	familier, famili**è**re [familje, familjɛʀ]	*familiär*
	inquiet, inqui**è**te [ɛ̃kjɛ, ɛ̃kjɛt]	*beunruhigt*
	blanc, blan**che** [blɑ̃, blɑ̃ʃ]	*weiß*
	bon, bo**nne** [bɔ̃, bɔn]	*gut*
	mignon, migno**nne** [miɲɔ̃, miɲɔn]	*reizend*
	syrien, syrie**nne** [siʀjɛ̃, siʀjɛn]	*syrisch*
	européen, européé**nne** [øʀɔpeɛ̃, øʀɔpeɛn]	*europäisch*
	plein, pleine [plɛ̃, plɛn]	*voll*
	africain, africaine [afʀikɛ̃, afʀikɛn]	*afrikanisch*
	humain, humaine [ymɛ̃, ymɛn]	*menschlich*
	marocain, marocaine [maʀɔkɛ̃, maʀɔkɛn]	*marokkanisch*
	urbain, urbaine [yʀbɛ̃, yʀbɛn]	*städtisch*
	brun, brune [bʀɛ̃, bʀyn]	*braun*
	long, lon**gue** [lɔ̃, lɔ̃g]	*lang*
	administratif, administrati**ve** [administʀatif, -tiv]	*behördlich*
	vif, vi**ve** [vif, viv]	*lebhaft*
	épais, épai**sse** [epɛ, epɛs]	*dick, dicht*
	roux, rou**sse** [ʀu, ʀus]	*rothaarig*
	sympa, sympa, sympas, sympas [sɛ̃pa]	*sympathisch*
	caricatural, caricaturale, caricatur**aux**, caricaturales	*karikatural*
	local, locale, loc**aux**, locales	*örtlich*
	normal, normale, norm**aux**, normales	*normal*
	principal, principale, princip**aux**, principales	*Haupt-*
	social, sociale, soci**aux**, sociales	*sozial*

6. Unveränderliche Adjektive, z.B.:	cool	*cool*	marron	*braun*
	orange	*orange*	super	*super*

5 Eine besondere Gruppe bilden die Adjektive ***beau, nouveau, vieux.***
Diese haben im **Singular** vor **maskulinen** Nomen **zwei Formen**:
beau, nouveau, vieux vor **Konsonant, *bel, nouvel, vieil*** vor **Vokal** und **„stummem h".**

un beau / nouveau / vieux violon	*eine schöne / neue / alte Geige*
un **bel** / **nouvel** / **vieil** instrument	*ein schönes / neues / altes Instrument*
une belle / nouvelle / vieille guitare	*eine schöne / neue / alte Gitarre*
des beaux / nouveaux / vieux violons	*schöne / neue / alte Geigen*
des beaux / nouveaux / vieux‿instruments	*schöne / neue / alte Instrumente*
des belles / nouvelles / vieilles guitares	*schöne / neue / alte Gitarren*
Aber:	
Cet instrument est **beau**. (Nomen steht voran!)	*Dieses Instrument ist schön.*
Ebenso: fou, **fol**, folle	*verrückt*
mou, **mol**, molle	*weich*

2. Steigerung und Vergleich

1 Der **Komparativ** wird gebildet, indem man ***plus*** oder ***moins*** vor das Adjektiv stellt.
Die **Gleichheit** wird ausgedrückt, indem man ***aussi*** vor das Adjektiv stellt.
Das **Bezugswort** des Vergleichs wird mit ***que*** („als"/„wie") angeschlossen.

Lilou est **plus grande que** Marc.	*Lilou ist größer als Marc.*
Marc est **aussi grand qu'**Arthur.	*Marc ist (genau)so groß wie Arthur.*
Arthur et Marc sont grands, mais **moins grands que** Lilou.	*Arthur und Marc sind groß, aber weniger groß als Lilou.*

2 Der **Superlativ** wird gebildet, indem man den **bestimmten Artikel** vor den Komparativ stellt.
Beim Superlativ wird das **Bezugswort** des Vergleichs mit ***de*** angeschlossen.

Coralie est la fille **la plus curieuse du** groupe.	*… das neugierigste Mädchen*
Mathieu est le garçon **le moins sportif de** la classe.	*… der am wenigsten sportliche*

3 Das Adjektiv ***bon*** hat besondere Steigerungsformen (wie „gut" im Deutschen auch).

bon(s), bonne(s)	Julie a une **bonne** idée.	*Julie hat eine gute Idee.*
meilleur(s), meilleure(s)	L'idée de Mathieu est **meilleure**.	*Mathieus Idee ist besser.*
le/les meilleur(s), la/les meilleure(s)	C'est **la meilleure** idée.	*Das ist die beste Idee.*

3. Stellung

1 Die **meisten** Adjektive stehen **nach** dem Nomen. Das ist anders als im Deutschen.

C'est une **idée intéressante**. — *Das ist eine **interessante Idee**.*

2 Nur **wenige** Adjektive stehen **vor** dem Nomen.

C'est une **bonne idée.** — *Das ist eine **gute Idee**.*

Hierzu gehören u.a.:

bon	*gut*	vieux	*alt*
mauvais	*schlecht*	jeune	*jung*
grand	*groß*	nouveau	*neu*
petit	*klein*	beau	*schön*
joli	*hübsch*	autre	*anderer*

Auch ***court*** (kurz), ***long*** (lang), ***prochain*** (nächster) und ***dernier*** (letzter) stehen häufig vor dem Nomen.

3 Im **Superlativ** stehen die Adjektive meist **nach** dem Nomen.
Die Adjektive, die **normalerweise vor** dem Nomen stehen,
können im Superlativ **vor oder nach** dem Nomen stehen.

Paris est **la ville la plus grande** de France.
Paris est **la plus grande ville** de France.
— *Paris ist die größte Stadt Frankreichs.*

TOUT COMPRIS? Tu trouves les solutions aux pages 71–72.

1 Mets la forme correcte de l'**adjectif**. Ecris les phrases dans ton cahier.

a Anne / content ⟶ Anne est contente.
b Arthur et Carla / fatigué
c Léo / drôle
d Vanessa et Julie / sérieux
e Damien et Gabriel / gentil
f Clara / inquiet
g Sarah et Béatrice / mignon
h Léa et Mehdi / sportif
i Malabar et Moustique / génial

2 Mets les **adjectifs** à la bonne forme et à la bonne place pour trouver des titres de films. Ecris les titres dans ton cahier.

Des titres de films:
a une surprise / mauvais
⟶ Une mauvaise surprise
b des vacances / ennuyeux
c l'hôtel / vieux
d l'affaire / beau
e des chiens / bizarre
f la dame / roux
g des parents / bon
h les nuits / blanc
i les stars / nouveau
j un homme / autre

3 **Compare**. Ecris les phrases dans ton cahier.

a *(+ bon)* Ton idée est **?** l'idée de Julien.
(– bon) Mais elle est **?** l'idée de Sacha.
(++ bon) L'idée de Sacha est **?** .
b *(= beau)* Les châteaux de Villandry et de Chaumont sont **?** le château de Chenonceau.
c *(château, ++ grand)* Chambord est **?** de la Loire.
d *(– – gentil)* De nos voisins, ce sont Mme Ducharme et M. Marignan **?** .
e (– gentil) Ils sont **?** M. et Mme Racine.

Le château de Chenonceau

4 Lis ces phrases. Trouve les **deux phrases avec une faute** et écris-les correctement dans ton cahier.

a Je n'ai pas de bons souvenirs de mes vacances.
b Elles étaient ennuyeux.
c J'espère que mes prochaines vacances seront meilleures.
d Et les gens que j'ai rencontrés n'étaient pas intéressants.
e Le temps était plus mauvais de l'année dernière.

7 Les adverbes

1. Bildung und Stellung

1 Neben „reinen" Adverbien (z. B. ***souvent***, ***vite***, ***tard***, …) gibt es Adverbien, die von Adjektiven abgeleitet werden, indem man an die **feminine Form** des **Adjektivs** die Endung ***-ment*** anhängt. Bei den Adjektiven, die im **Maskulinum** auf **Vokal** enden (z. B. ***vrai***, ***facile*** etc.), wird die Endung ***-ment*** an die **maskuline Form** angehängt.

Adjektiv maskulin	feminin	Adverb	
gratuit	gratuit**e**	gratuit**ement**	*gratis*
heureux	heureu**se**	heureu**sement**	*glücklicherweise*
vra**i**	vraie	vra**iment**	*wirklich*
facil**e**	facile	facil**ement**	*leicht*

2 ***Bon***, ***meilleur*** und ***mauvais*** haben bei den Adverbien Sonderformen.

bon	***bonne***	**bien**	*gut*
meilleur	***meilleure***	**mieux**	*besser*
mauvais	***mauvaise***	**mal**	*schlecht*

3 Das Adverb steht im Französischen **immer nach dem konjugierten Verb**. Das ist wie im Deutschen und in anderen romanischen Sprachen, z.B. im Spanischen:

Marc joue souvent au foot. — *Marc spielt **häufig** Fußball.*
Max juega **a menudo** al fútbol.

2. Steigerung und Vergleich

1 Der **Komparativ** wird gebildet, indem man ***plus*** oder ***moins*** vor das Adverb stellt.
Die **Gleichheit** wird ausgedrückt, indem man ***aussi*** vor das Adverb stellt.
Das **Bezugswort** des Vergleichs wird mit ***que*** („als"/„wie") angeschlossen.
Der **Superlativ** wird gebildet, indem man den bestimmten Artikel ***le*** vor den Komparativ stellt.
Beim Superlativ wird das **Bezugswort** des Vergleichs mit ***de*** angeschlossen.

Bachir court **plus vite que** Yasmina.	*… läuft schneller als …*
Yasmina court **aussi vite qu'**Abdel.	*… läuft (genau)so schnell wie ….*
Manon court **moins vite que** Yasmina.	*… läuft weniger schnell als …*
Qui court **le plus vite des** trois?	*… läuft am schnellsten von den dreien*
Et qui court **le moins vite**?	*… läuft am wenigsten schnell*

2 Das Adverb ***bien*** hat besondere Steigerungsformen.

Coralie joue **bien** au foot.	*… spielt gut Fußball.*
Elle joue **mieux** que Bachir,	*… spielt besser …,*
mais **moins bien** que Yasmina.	*… spielt weniger gut / schlechter ….*
Yasmina joue **aussi bien** que Manon.	*… spielt (genau)so gut …*
Qui joue **le moins bien** des quatre?	*… am wenigsten gut …*
Et qui joue **le mieux**?	*… am besten …*

TOUT COMPRIS? Tu trouves les solutions à la page 72.

1 **Compare.** Forme les **adverbes** si c'est nécessaire.

a *(+ facile)* Ahmed apprend ? sa sœur.
b *(– bien)* Elle fait ses devoirs ? lui.
c *(– sérieux)* A l'école, elle travaille ?.
d *(+ bien)* Elle aime ? faire du sport.
e *(++ bien)* De toute sa classe, c'est elle qui joue ? au tennis.

2 Lis ces phrases. Trouve les **2 phrases avec une faute** et écris-les correctement dans ton cahier.

a Il fait vraiment très chaud en ce moment.
b Il ne pleut pratiquement pas.
c L'après-midi, je toujours vais à la plage.
d Normalment, j'y retrouve mes copains.
e Je reste dans l'eau plus longtemps qu'eux.

8 Les prépositions

1 Präpositionen des **Ortes**

à Paris[1]	*in Paris*	**en** France	*in Frankreich*
au marché	*auf dem Markt*	**en** ville	*in der Stadt*
à la mer	*am Meer*	**en** cours	*im Unterricht*
au bord de la mer	*am Meer*	**en** vacances	*in den Ferien*
au fond de la salle	*hinten im Saal*	**en** sixième	*in der 6. Klasse*
au nord de la France	*nördlich von Frankreich*	être fort **en** maths	*stark in Mathe sein*
dans le nord de la France	*im Norden Frankreichs*	**entre** les voitures	*zwischen den Autos*
au sud de	*südlich von*	**jusqu'à** Tours	*bis Tours*
à l'est de	*östlich von*	**loin de** l'école	*weit von der Schule (entfernt)*
à l'ouest de	*westlich von*	**parmi** les gens	*unter den Leuten*
à droite de	*rechts von*	**près de** la ville	*in der Nähe der Stadt*
à gauche de	*links von*	**sous** la table	*unter dem Tisch*
autour du parc	*um den Park herum*	**sur** la table	*auf dem Tisch*
à côté de la maison	*neben dem Haus*	**sur** une île	*auf einer Insel*
aller **chez** qn	*zu jdm. gehen*	donner **sur** le jardin	*auf den Garten hinausgehen*
contre le mur	*gegen die Mauer*	**sur** Internet	*im Internet*
dans la valise	*im Koffer*	aller **vers** la porte	*in Richtung der Tür gehen*
être **dans** la lune	*zerstreut sein*	**Vorsicht bei Ländernamen!**	
dans la rue	*auf der Straße*	habiter **en** France, **au** Maroc, **aux** Etats-Unis	*in Frankreich, in Marokko, in den Vereinigten Staaten (USA) wohnen*
dans le monde entier	*auf der ganzen Welt*	venir **de** France, **du** Maroc, **des** Etats-Unis	*aus Frankreich, aus Marokko, aus den Vereinigten Staaten (USA) kommen*
venir **de** Paris	*aus Paris kommen*		
derrière la chaise	*hinter dem Stuhl*		
devant la table	*vor dem Tisch*		

1 Die Präpositionen des **Ortes** (wo?) und der **Richtung** (wohin?) sind im Französischen meist **identisch**:
Je suis **à** Paris. / Je vais **à** Paris. *Ich bin **in** Paris. / Ich fahre **nach** Paris.*

2 Präpositionen der **Zeit**

à 8 heures	*um 8 Uhr*	**au** mois de mai	*im (Monat) Mai*
de 8 heures **à** midi	*von 8 Uhr bis Mittag*	**en** 2000	*2000 / im Jahr 2000*
		en 2 jours	*in(nerhalb von) 2 Tagen*
à ce moment-là	*in diesem Augenblick*	**dans** 3 jours	*in (nach Ablauf von) 3 Tagen*
après Noël	*nach Weihnachten*		
avant Pâques	*vor Ostern*	**depuis** une semaine	*seit einer Woche*
au printemps	*im Frühling*	**entre** 3 et 4 mois	*zwischen 3 und 4 Monaten*
en été	*im Sommer*	**il y a** 4 semaines	*vor 4 Wochen*
en automne	*im Herbst*	**jusqu'au** matin	*bis zum Morgen*
en hiver	*im Winter*	**pendant** les vacances	*in den / während der Ferien*
en août	*im August*	**vers** la fin de l'année	*gegen Ende des Jahres*

3 **Sonstige** Präpositionen

jouer **au** foot	*Fußball spielen*	être **en** train de faire qc	*gerade dabei sein, etw. zu tun*
jouer **de** la guitare	*Gitarre spielen*		
à pied	*zu Fuß*	être **en** forme	*in Form sein*
à vélo	*mit dem Fahrrad*	**en** français	*auf Französisch*
avec mon frère	*mit meinem Bruder*	**en** raison des travaux	*aufgrund der Bauarbeiten*
pour ta sœur	*für deine Schwester*		
sans ma mère	*ohne meine Mutter*	**par** jour	*pro Tag*
en allemand	*auf Deutsch*	**par** exemple	*zum Beispiel*
être **en** retard	*zu spät sein*	J'ai réussi **grâce à** ton aide.	*Ich habe es dank deiner Hilfe geschafft.*
en train	*mit dem Zug*		
		Je n'ai pas réussi **à cause de** mes problèmes.	*Ich habe es wegen meiner Probleme nicht geschafft.*

3 ON COMBINE Tu trouves les solutions à la page 72.

Xavier rencontre une fille en ville qui lui semble familière. Il décide de lui parler.

a *Xavier:* Salut. Ça va? Tu es **?** amie de Charlotte Bourdieu, non?
Céline: Salut. Oui, c'est vrai. Pourquoi tu me demandes ?

b *Xavier:* C'est **?** sœur de Paul Bourdieu, mon meilleur pote. Elle est très **?** (gentil).

c *Céline:* Ah, d'accord. Je ne connais pas **?** frère.

d *Xavier:* Je vous ai vues à la piscine hier, non? Et aussi **?** deux semaines?

e *Céline:* Hmmm. Tu vas à **?** piscine?

f *Xavier:* La piscine **?** parc.

g *Céline:* Ah oui! C'est vrai. **?** été, nous y allons deux ou trois fois **?** semaine. Mais l'eau est très **?** (froid), non?

h *Xavier:* Moi, je la trouve **?** (- froid) que l'eau de la mer!
Céline: Là, tu as raison!

i *Xavier:* Est-ce que tu veux aller à la piscine avec nous demain **?** seize heures?
On veut aussi jouer **?** volley-ball.

j *Céline:* Cool! C'est **?** (bon) idée. **?** (Heureux), je n'aurai pas de cours demain!

k *Xavier:* Super! Tu peux aussi amener **?** copine si tu veux. Alors, à demain!
Céline: A demain!

Complétez le dialogue.

9 Les nombres

Die Grundzahlen – Les nombres cardinaux

0	zéro	20	vingt	80	quatre-vingts
1	un, une	21	vingt-et-un / une*	81	quatre-vingt-un / une
2	deux	22	vingt-deux	82	quatre-vingt-deux
3	trois	29	vingt-neuf	89	quatre-vingt-neuf
4	quatre	30	trente	90	quatre-vingt-dix
5	cinq	31	trente-et-un / une*	91	quatre-vingt-onze
6	six	34	trente-quatre	92	quatre-vingt-douze
7	sept	40	quarante	99	quatre-vingt-dix-neuf
8	huit	41	quarante-et-un / une*	100	cent
9	neuf	45	quarante-cinq	101	cent-un / une*
10	dix	50	cinquante	110	cent-dix*
11	onze	51	cinquante-et-un / une*	200	deux-cents*
12	douze	60	soixante	201	deux-cent-un
13	treize	61	soixante-et-un / une*	1000	mille
14	quatorze	69	soixante-neuf	1001	mille-un / une*
15	quinze	70	soixante-dix	2000	deux-mille*
16	seize	71	soixante-et-onze*	2020	deux-mille-vingt*
17	dix-sept	72	soixante-douze	30 000	trente-mille*
18	dix-huit	77	soixante-dix-sept	400 000	quatre-cent-mille*
19	dix-neuf	79	soixante-dix-neuf	5 000 000	cinq millions

* auch ohne Bindestriche korrekt

2 Die Ordnungszahlen – Les nombres ordinaux

1er	le premier				
1re	la première	11e	le, la onzième	21e	le, la vingt-et-unième
2e	le, la deuxième*	12e	le, la douzième	22e	le, la vingt-deuxième
3e	le, la troisième	13e	le, la treizième	30e	le, la trentième
4e	le, la quatrième	14e	le, la quatorzième	40e	le, la quarantième
5e	le, la cinquième	15e	le, la quinzième	50e	le, la cinquantième
6e	le, la sixième	16e	le, la seizième	60e	le, la soixantième
7e	le, la septième	17e	le, la dix-septième	70e	le, la soixante-dixième
8e	le, la huitième	18e	le, la dix-huitième	80e	le, la quatre-vingtième
9e	le, la neu**v**ième	19e	le, la dix-neu**v**ième	90e	le, la quatre-vingt-dixième
10e	le, la dixième	20e	le, la vingtième	100e	le, la centième
				200e	le, la deux-centième
				1000e	le, la millième
				1 000 000e	le, la millionième

* oder *le second, la seconde*

10 Les pronoms sujets

1 Ein **Subjekt** kann durch ein **Pronomen** vertreten werden.
Dieses heißt dann **Subjektpronomen**.

Qui est là?				Wer ist da?			
	Je	suis	là.		*Ich*	*bin*	*da.*
	Tu	es			*Du*	*bist*	
Et Marc?	**Il**	est		*Und Marc?*	*Er*	*ist*	
Et Anne?	**Elle**	est		*Und Anne?*	*Sie*	*ist*	
	On	est			*Man*	*ist*	
	Nous	sommes			*Wir*	*sind*	
	Vous	êtes			*Ihr*	*seid*	
Et les garçons?	**Ils**	sont		*Und die Jungen?*	*Sie*	*sind*	
Et les filles?	**Elles**	sont		*Und die Mädchen?*	*Sie*	*sind*	

2 Beachte die **Besonderheiten**:
1. Vor Vokal und „stummem h" wird ***je*** zu ***j'*** verkürzt.
2. ***On*** bedeutet **„man"**. In der Umgangssprache wird es meistens für **„wir"** verwendet.
3. ***Vous*** ist auch Höflichkeitsform („**Sie**").
4. Abweichend vom Deutschen wird für **„sie"** je nach Zusammensetzung der Gruppe zwischen ***ils*** und ***elles*** unterschieden.
5. ***Ils*** steht auch für gemischte Gruppen (maskulin und feminin).

1. **J'ai** 13 ans. **J'h**abite à Paris.	*Ich bin 13 Jahre alt. Ich wohne in Paris.*
2. Qu'est-ce qu'**on** fait?	*Was machen **wir**?*
3. **Vous** êtes de Paris, Mme Latière?	*Sind **Sie** aus Paris, Frau Latière?*
4. Les garçons? **Ils** sont là.	*Die Jungen? **Sie** sind da.*
Les filles? **Elles** sont là aussi.	*Die Mädchen? **Sie** sind auch da.*
5. Les garçons et les filles? **Ils** sont là.	*Die Jungen und die Mädchen? **Sie** sind da.*

3 Achtung bei der **Angleichung** des ***Participe passé*** (⟶ **R 17: 6–8**)!
Bei den Verben, die das ***Passé composé***, das ***Plus-que-parfait*** und das ***Conditionnel passé*** (G9) mit ***être*** bilden, richtet sich das ***Participe passé*** in **Genus** und **Numerus** nach dem **Subjekt** des Satzes.
Bei ***je, tu, nous, vous*** muss man darauf achten, welche Personen vertreten werden.

*Marie à **Julien**:* **Tu** es rentr**é** tard?	*Bist du spät nach Hause gekommen?*
*Marie à **Mme Pirou**:* **Vous** êtes rentré**e** tard?	*Sind Sie spät nach Hause gekommen?*
***Julien** et **Mme Pirou**:* **Nous** sommes rentr**és** tard.	*Wir sind spät nach Hause gekommen.*

TOUT COMPRIS? Tu trouves les solutions à la page 72.

Complète les questions avec le bon **pronom sujet.**
Attention à l'**accord du participe passé**! Ecris les phrases dans ton cahier.

a Où sont Léo et Justin?
? sont *(aller)* au cinéma?

b Et Vanessa et Marie?
? sont aussi *(aller)* en ville?

c Mme Martin, quand est-ce que **?** êtes *(arriver)* devant le cinéma?

d Vanessa et Marie: «Est-ce que **?** sommes *(descendre)* à la bonne station?»

11 Les pronoms personnels disjoints

1

Die **verbundenen** Personalpronomen sind mit einem Verb verbunden.
Sie können **nicht allein** stehen.
Die **unverbundenen** Personalpronomen sind nicht mit einem Verb verbunden.
Sie können **allein** stehen.

– Qui est là? – **Je** suis là. (***je*** = verbunden) – *Wer ist da?* – *Ich bin da.*
– **Moi**. (***moi*** = unverbunden) – *Ich.*

2

Formen:

	Singular	Plural
1. Person	**moi**	**nous**
2. Person	**toi**	**vous**
3. Person	**lui** / **elle**	**eux** / **elles**

3

Die **unverbundenen** Personalpronomen stehen
1. in verkürzten Sätzen **ohne Verb**,
2. nach ***c'est / ce sont***,
3. nach **Präpositionen**,
4. nach ***que*** im **Vergleichssatz**,
5. zusammen mit verbundenen Personalpronomen oder Nomen zur **Hervorhebung.**

Vor ***eux / elles*** können ***c'est*** oder ***ce sont*** stehen.

1. Qui est Abdel? **Toi**? — *Wer ist Abdel? Du?*
2. Les deux garçons là-bas, **c'est / ce sont eux**, Mehdi et Omar? — *Die zwei Jungen dort, sind das Mehdi und Omar?*
3. Omar est à côté de Yasmina. Elle est venue **avec lui**. — *Omar steht neben Yasmina. Sie ist mit ihm gekommen.*
4. Je le trouve plus intéressant **qu'elle**. — *Ich finde ihn interessanter als sie.*
5. Eh bien, **moi, je** ne suis pas d'accord! — *Also, da bin ich (betont) nicht einverstanden!*

TOUT COMPRIS? Tu trouves les solutions à la page 72.

Complète les phrases. Utilise des **pronoms personnels disjoints.**

Elise:

a Qu'est-ce qu'on fait ce week-end? **?**, j'aimerais faire de la natation.
b Pierre et Damien, **?**, veulent faire un tour en ville.
c Nadine et Sarah, vous voulez aller avec **?** en ville ou venir avec **?** à la piscine?
d Dites, qu'est-ce que vous proposez, **?** ?

Nadine et Sarah:

e On ne sait pas. Ah regarde, ce n'est pas Anaïs et Lucie qui arrivent? Oui, c'est **?**.
f Elise, voilà Anaïs et Lucie. Va avec **?** à la piscine.
g **?**, nous ne sommes pas très sportives. Anaïs et Lucie sont plus sportives que **?**.

Les filles font de la natation.

12 Les pronoms objets et les pronoms en et y

1. Les pronoms objets

1 **Direkte** und **indirekte Objekte** können durch **Pronomen** vertreten werden.
Diese heißen dann **direkte Objektpronomen** und **indirekte Objektpronomen**.

Direkt: Anschluss ohne Präposition, z.B. ***raconter qc***

– Tu racontes **l'histoire** à ton frère? – *Erzählst du die Geschichte deinem Bruder?*
– Non, je **la** raconte à ma sœur. – *Nein, ich erzähle sie meiner Schwester.*

Indirekt: Anschluss mit Präposition, z.B. ***montrer qc à qn***

– Tu montres les photos **à ton copain**? – *Zeigst du die Fotos deinem Freund?*
– Oui, je **lui** montre les photos ce soir. – *Ja, ich zeige ihm die Fotos heute Abend.*

2 Die **Objektpronomen der 1. und 2. Person** heißen im **Singular *me / m'*** und ***te / t'***
und im **Plural *nous*** und ***vous***.
Diese Objektpronomen können **sowohl direktes als auch indirektes** Objekt sein.

– Tu **me** téléphones ou tu **m'**écris? – *Rufst du mich an oder schreibst du mir?*
– Je **te** téléphone et je **t'**écris. – *Ich rufe dich an und ich schreibe dir.*
– Tu **nous** cherches? – *Suchst du uns?*
– Oui, je **vous** cherche. – *Ja, ich suche euch / Sie.*

3 In der **3. Person unterscheiden** sich die Formen der **direkten** und der **indirekten Objektpronomen**.
Die **direkten** Objektpronomen heißen im **Singular *le / l'*** oder ***la / l'***, im **Plural *les***.
Die **indirekten** Objektpronomen heißen im **Singular *lui*** und im **Plural *leur***.
Nur bei ***le*** und ***la*** wird also zwischen **maskulin und feminin unterschieden**.

– Tu vois **Marc**? – *Siehst du Marc?*
– Oui, je **le** vois et je **l'**entends. – *Ja, ich sehe ihn und ich höre ihn.*
– Tu vois **Clara**? – *Siehst du Clara?*
– Oui, je **la** vois et je **l'**entends. – *Ja, ich sehe sie und ich höre sie.*
– Tu connais **ces livres**? – *Kennst du diese Bücher?*
– Oui, je **les** connais. – *Ja, ich kenne sie.*
– Tu écris **à Marc**? – *Schreibst du Marc?*
– Oui, je **lui** écris. – *Ja, ich schreibe ihm.*
– Tu écris **à Marc et à Clara**? – *Schreibst du Marc und Clara?*
– Oui, je **leur** écris. – *Ja, ich schreibe ihnen.*

4 Übersicht über die **Formen**:

direkt	direkt oder indirekt	indirekt
	me / m'	
	te / t'	
le / la / l'		lui
	nous	
	vous	
les		leur

Eine Übersicht über die Stellung der Objektpronomen am Beispiel ***lui*** findet ihr unter **R 14** auf Seite 46.
Mögliche Verbergänzungen findet ihr unter **R 25** auf Seite 59, 60.

2. Les pronoms *en* et *y*

1 Das Pronomen ***en*** vertritt **Ergänzungen mit *de***.
1. Dies können Nomen sein, vor denen der unbestimmte Artikel Plural (***des***) oder der Teilungsartikel (***du, de la, de l'***) steht. ***En*** hat dann in etwa die Bedeutung „**davon**".
2. **En** vertritt aber auch andere Ergänzungen mit **de** (z. B. ***venir de***, ***parler de***). Es hat dann z. B. die Bedeutung „**von dort**" oder „**darüber / davon**".

1. – Tu as acheté **des jeans**? – *... Jeans gekauft?*
   – Oui, j'**en** ai même acheté deux. – *... sogar zwei (davon) gekauft.*
2. – Tu viens **du nouveau magasin**? – *... von dem neuen Laden?*
   – Oui, j'**en** sors juste. – *... komme gerade von dort.*
   – On parle beaucoup **de ses prix super**. – *... spricht viel über seine tollen Preise.*
   – Oui, on **en** parle partout. – *... spricht überall davon.*

2
1. Das Pronomen ***y*** vertritt **Ortsangaben**, die durch Präpositionen wie ***à***, ***dans***, ***en***, ***sur*** etc. (nicht aber ***de***) eingeleitet werden (Bedeutung „**dort**", „**dorthin**", ...).
2. Es vertritt auch andere Sachergänzungen mit ***à*** (z. B. ***s'intéresser à***, ***penser à***).

1. – Tu vas retourner **dans ce magasin**? – *... wieder in dieses Geschäft gehen?*
   – Oui, je vais **y** retourner demain. – *... dorthin zurückkehren.*
2. – Tu t'intéresses **à la mode**? – *... interessierst dich für Mode?*
   – Oui, je m'**y** intéresse beaucoup. – *... interessiere mich sehr dafür.*

TOUT COMPRIS? Tu trouves les solutions à la page 72.

1 Complète les phrases. Utilise les **pronoms objets**.

a – Je veux te parler.
  – Tu veux ? parler? Vas-y. Je ? écoute.
b – Il y a une nouvelle dans ta classe. Comment est-ce que tu ? trouves?
c – Je ne ? aime pas.
  – Tu ? as déjà parlé?
d – Non, mes copines et moi, nous ne voulons pas ? parler.
e – Qu'est-ce qu'elle ? a fait, à toi et à tes copines?
  – Elle ne ? a rien fait. Mais elle est bizarre.
f – Mais quand il y a des nouveaux, on ? donne une chance, non? A mon avis, il faut ? aider à trouver des amis. Et puis, la nouvelle, c'est ma cousine.
g – Oh, je ne ? savais pas. Ça change tout.

2 Complétez les phrases. Utilisez les pronoms ***en*** et ***y***.

a – Muriel, tu as passé tes vacances au Québec?
  – Oui, j' ? reviens. C'est trop beau là-bas. Je vais ? retourner l'année prochaine.
b – Tu aimerais ? habiter?
  – Absolument. J' ? rêve même.
c – Tu as fait des photos?
  – Des photos? Oh oui, j' ? ai fait beaucoup.
d – Bon, on va dans un café boire quelque chose?
  – Allons ? !

Le château Frontenac à Québec

13 Les pronoms réfléchis et les verbes pronominaux

1 Wie im Deutschen (z. B. „**sich** waschen“) gibt es auch im Französischen **reflexive** (rückbezügliche) **Verben**. Sie werden immer von einem Pronomen, dem **Reflexivpronomen**, begleitet, das sich auf das **Subjekt** des Satzes **(zurück)bezieht**.

Mehdi **se** ***lave.***

Mehdi *wäscht* ***sich.***

2 Die **Reflexivpronomen** heißen ***me / m'***, ***te / t'***, ***se / s'***, ***nous***, ***vous***, ***se / s'*** [1].
Me, ***te***, ***nous***, ***vous*** kennst du schon als Objektpronomen.

Je	**me**	lave.	*Ich wasche **mich**.*
Tu	**t'**	informes.	*Du informierst **dich**.*
Il / Elle / On	**se**	dépêche.	*Er / Sie / Man beeilt **sich**.*
Nous	**nous**	cachons.	*Wir verstecken **uns**.*
Vous	**vous**	disputez.	*Ihr streitet **euch**.*
Ils / Elles	**se**	reposent.	*Sie ruhen **sich** aus.*

3 Das ***Passé composé*** der **reflexiven Verben** wird mit ***être*** **+** ***Participe passé*** gebildet.
Das ***Participe passé*** richtet sich in **Genus** und **Numerus** nach dem **Subjekt**.

Abdel	s'	**est**	dépêch**é**.	*Abdel hat sich beeilt.*
Sana	s'	**est**	dépêché**e**.	*Sana hat sich beeilt.*
Mehdi et **Léo**	se	**sont**	dépêché**s**.	*Mehdi und Léo haben sich beeilt.*
Marie et **Sarah**	se	**sont**	dépêché**es**.	*Marie und Sarah haben sich beeilt.*

4 Beim **bejahten Imperativ** wird das **unverbundene Personalpronomen** verwendet und mit einem **Bindestrich** angeschlossen.

Lève -	**toi.**			*Steh auf!*
Ne	**te**	lève	pas.	*Steh nicht auf!*
Levez -	**vous.**			*Steht auf! / Stehen Sie auf!*
Ne	**vous**	levez	pas.	*Steht nicht auf! / Stehen Sie nicht auf!*

TOUT COMPRIS?

Tu trouves les solutions à la page 72.

Mets les **verbes** et les **pronoms** à la forme correcte. Ecris le texte dans ton cahier.

Sarah raconte: Hier, je me ? réveill? en retard. Je ? suis habill? en dix secondes et je suis partie comme une folle.
Une copine: Tu ne ? ? pas lav? ?
Sarah: Non, pas le temps. Normalement, mon copain et moi, on ? retrouv? toujours devant l'école. Mais il n'était pas là. Je l'ai appelé. Il venait juste de ? réveill? . Il m'a demandé: «Qu'est-ce qui ? passe?»
Je lui ai dit: «Dépêche- ? !!! Je t'attends.» Il m'a répondu: «Ne ? inquièt? pas. Tu as oublié? On n'a pas cours avant 10 heures. La prof est malade.» Ouf! L'après-midi, après les cours, nous nous ? retrouv? pour manger une glace ensemble. On a bien ri de l'histoire. Et pour une fois, nous ne ? sommes pas disput? .

---

1 Zur Stellung der Pronomen → **R 14**.

14 Forme et place des pronoms: vue d'ensemble

1 **Übersicht** über die **Formen** aller **Personalpronomen**

	Subjekt	direktes Objekt	indirektes Objekt	reflexiv	unverbunden
1. Pers. Sg.	**je / j'**	**me / m'**	**me / m'**	**me / m'**	**moi**
2. Pers. Sg.	**tu**	**te / t'**	**te / t'**	**te / t'**	**toi**
3. Pers. Sg.	**il / elle / on**	**le / la / l'**	**lui**	**se / s'**	**lui / elle**
1. Pers. Pl.	**nous**	**nous**	**nous**	**nous**	**nous**
2. Pers. Pl.	**vous**	**vous**	**vous**	**vous**	**vous**
3. Pers. Pl.	**ils / elles**	**les**	**leur**	**se / s'**	**eux / elles**

2 **Übersicht** über die **Stellung** der direkten und indirekten Objektpronomen (am Beispiel ***lui***). Die Reflexivpronomen und die Pronomen ***en*** und ***y*** folgen den gleichen Stellungsregeln.

Vor dem **konjugierten** Verb.
Die Verneinungswörter umklammern das Objektpronomen **und** das konjugierte Verb.

Je **lui** **écris**.	*Ich schreibe ihm / ihr.*
Je **ne** **lui** **écris pas**.	*Ich schreibe ihm / ihr nicht.*
Je **lui** **ai** écrit.	*Ich habe ihm / ihr geschrieben.*
Je **ne** **lui** **ai pas** écrit.	*Ich habe ihm / ihr nicht geschrieben.*

Bei Verben mit **nachfolgendem Infinitiv vor** dem **Infinitiv**.
Die Verneinungswörter umklammern **nur** das konjugierte Verb.

Je veux **lui** **écrire**.	*Ich will ihm / ihr schreiben.*
Je **ne veux pas** **lui** **écrire**.	*Ich will ihm / ihr nicht schreiben.*

TOUT COMPRIS? Tu trouves les solutions à la page 72.

Traduis. Attention à la **forme** et à la **place** des **pronoms**!

a Ich heiße Damien. Und du, wie heißt du?
b Seht ihr uns nicht?
c Wir wollen ihm helfen.
d Er hat ihr nicht gefallen.
e Sie kommt mit ihr mit.
f – Wo sind die Jungen?
– Sie haben keine Lust, sich zu beeilen.

15 Les pronoms relatifs qui, que, où

1 Mit einem **Relativsatz** bestimmt man etwas näher, das im **Hauptsatz** genannt wird. Relativsätze werden durch **Relativpronomen** eingeleitet.

Paris est une ville	⟵ **Hauptsatz** ⟶	*Paris ist eine Stadt,*
que Julien aime beaucoup.	⟵ **Relativsatz** ⟶	**die** *Julien sehr mag.*

2 Das Relativpronomen ***qui*** ist **Subjekt** des Relativsatzes. („**Wer** oder **Was?**")
Es kann **Personen** oder **Sachen** vertreten[1] und ist **unveränderlich**.

Marc est **un garçon**	**qui**	**est** courageux.	*…, der mutig ist.*
Jérôme pose **des questions**	**qui**	**sont** bizarres.	*…, die merkwürdig sind.*

Nach **qui** steht im Relativsatz kein Subjekt mehr.

3 Das Relativpronomen ***que*** ist **direktes Objekt** des Relativsatzes. („**Wen** oder **Was?**")
Es kann **Personen** oder **Sachen** vertreten und ist **unveränderlich**.
Vor Vokal oder „stummem h" wird ***que*** zu ***qu'***.

Camélia Jordana est **une chanteuse**	**que**	**je**	trouve cool.	*…, die ich cool finde.*
Le judo est **un sport**	**qu'**	**Alex**	adore.	*…, den Alex sehr mag.*

Nach **que** / **qu'** muss im Relativsatz noch ein **Subjekt** folgen.

4 Das Relativpronomen ***où*** bezieht sich auf **Ortsbestimmungen**. („**Wo** oder **Wohin?**")

L'Allemagne est **le pays**	**où**	M. Pirou travaille.	*…, in dem (wo) M. Pirou arbeitet.*
Munich est **la ville**	**où**	Léo va souvent.	*…, in die (wohin) Léo häufig fährt.*

Anders als im Deutschen steht vor den Relativpronomen **qui, que, où** fast nie ein Komma.

TOUT COMPRIS? Tu trouves les solutions à la page 72.

Complète avec les **pronoms relatifs**.

Voici une photo de Lux. C'est le chien **?** nous avons depuis 2 ans. C'est un animal **?** est très drôle. Un exemple? Nous avons une armoire **?** nous mettons toujours nos chaussures. Mais parfois Lux cache une chaussure dans la maison. Alors on cherche partout la chaussure **?** n'est plus là. Malou, notre chat, connaît tous les endroits **?** Lux cache nos chaussures. Alors, il prend la chaussure **?** Lux a cachée et la met ailleurs. Parfois, nous mettons plusieurs semaines pour retrouver la chaussure!

1 Das ist im Französischen anders als im Englischen. Dort gibt es zwei verschiedene Relativpronomen für Personen *(who)* und Sachen *(which)*.

16 La mise en relief avec c'est ... qui / que

1 Die Wendungen ***c'est ... qui*** und ***c'est ... que*** können zur **Hervorhebung** und **Betonung** eingesetzt werden. Mit ***c'est ... qui*** wird das **Subjekt** des Satzes hervorgehoben. Ist das Subjekt ein Pronomen, so verwendet man in der *mise en relief* das unverbundene Personalpronomen. Vor **Nomen im Plural** und ***eux/elles*** können ***c'est*** oder ***ce sont*** stehen.

- **C'est toi qui** as écrit ce texte?
- Non, **c'est Marie qui** l'a écrit.

- *Hast du (betont) den Text geschrieben?*
- *Nein, Marie (betont) hat ihn geschrieben.*

- **C'est / Ce sont Marie et Julie qui** ont vu le film?
- Non, **ce n'est pas / ce ne sont pas elles qui** l'ont vu. **C'est nous qui** l'avons vu.

- *Haben Marie und Julie (betont) den Film gesehen?*
- *Nein, sie (betont) haben ihn nicht gesehen. Wir (betont) haben ihn gesehen.*

2 Anders als im Deutschen richtet sich das Verb bei der Hervorhebung nach dem **Subjektpronomen**.

Marc dit: C'est **moi** qui **ai** vu ce film.

***Ich** bin es, der den Film gesehen **hat**.*

3 Mit ***c'est ... que*** werden alle Satzteile hervorgehoben, die nicht Subjekt des Satzes sind (**direkte**, **indirekte Objekte** und **adverbiale Bestimmungen**, z. B. der Zeit oder des Ortes).

- Tu aimes Julien?
- Mais non! **C'est toi que** j'aime.

- *Liebst du Julien?*
- *Aber nein! Ich liebe dich (betont).*

- Tu veux parler à qui?
- **C'est à ta sœur que** je veux parler.

- *Mit wem willst du sprechen?*
- *Ich will mit deiner Schwester (betont) sprechen.*

- On fait la randonnée dimanche?
- Non, **c'est samedi qu'**on la fait.

- *Machen wir die Wanderung Sonntag?*
- *Nein, wir machen sie Samstag (betont).*

TOUT COMPRIS? Vous trouvez les solutions à la page 72.

Complète avec ***c'est ... qui*** ou ***c'est ... que***.

a – **?** la première fois **?** tu vas à Marseille?
– Oui, **?** une ville **?** je voulais visiter depuis longtemps. **?** avec mon copain **?** j'y vais.

b – Quand tu dis «visiter», tu penses à quoi?
– **?** à la vieille ville et au port **?** je pense. Mais **?** aussi les musées **?** nous intéressent.

c – **?** ton copain **?** *(avoir)* eu l'idée de passer quelques jours à Marseille?
– Non, **?** moi **?** en *(avoir)* eu l'idée.

Le port de Marseille

17 Passé composé et plus-que-parfait

1 Mit dem ***Passé composé*** drückst du aus, dass etwas in der **Vergangenheit** geschehen ist. Es wird gebildet aus einer **Präsensform** von ***avoir*** oder ***être*** und dem ***Participe passé*** des Verbs.

Hier après-midi, Zoé **a rangé** sa chambre.	*Gestern Nachmittag hat Zoé ihr Zimmer aufgeräumt.*
Après, elle **est allée** au cinéma.	*Danach ist sie ins Kino gegangen.*

2 Mit dem ***Plus-que-parfait*** drückst du aus, dass sich etwas vor einem anderen Ereignis der Vergangenheit (**„Vorvergangenheit"**) abgespielt hat. Es wird gebildet aus einer **Imparfaitform** von ***avoir*** oder ***être*** und dem ***Participe passé*** des Verbs.

Hier soir, Zoé **est allée** au cinéma.	*Gestern Abend ist Zoé ins Kino gegangen.*
Avant, elle **avait fait** ses devoirs.	*Vorher hatte sie ihre Aufgaben gemacht.*
Elle **était rentrée** du collège à 4 heures.	*Sie war um 4 Uhr aus der Schule gekommen.*

3 **Beachte:** Die **folgenden Regeln** gelten für das ***Passé composé***, aber auch für das ***Plus-que-parfait*** und das ***Conditionnel passé*** (⟶ **R 20**). Die große **Mehrzahl** der Verben bildet das ***Passé composé*** mit ***avoir.*** Du kannst dir die **wenigen** Verben, die das ***Passé composé*** mit ***être*** bilden, gut mit dem **„être-Haus"** merken.

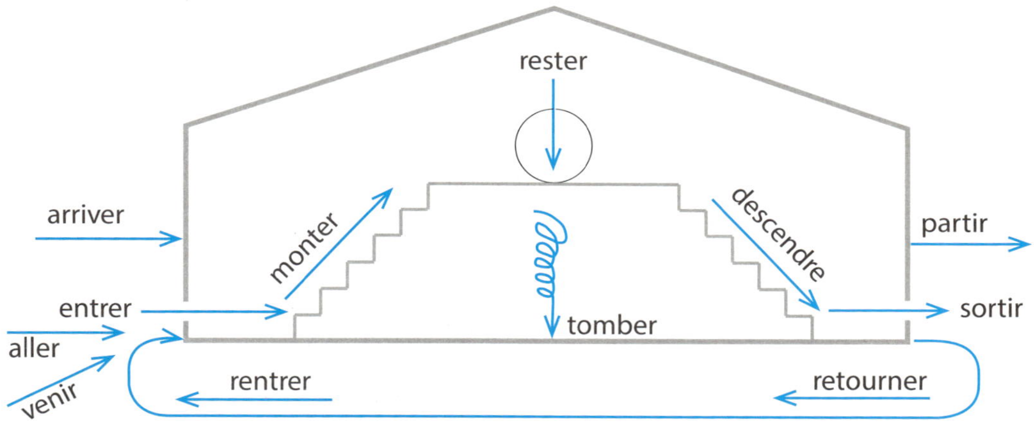

aller	*gehen, fahren*	sortir	*(hin)ausgehen*
(re)venir	*(zurück)kommen*	rester	*bleiben*
arriver	*ankommen*	tomber	*fallen*
partir	*weggehen, abfahren*	monter	*(hin)auf-/einsteigen*
entrer	*eintreten, betreten*	descendre	*hinuntergehen, aussteigen*
rentrer	*zurückkehren, nach Hause gehen / kommen*	**devenir**	*werden*
retourner	*zurückkehren*	**naître**	*geboren werden*
passer	*(nur im Sinne von) vorbeigehen / -fahren / -kommen*	**mourir**	*sterben*

Die **reflexiven Verben** bilden das ***Passé composé*** auch mit ***être*** (⟶ **R 13**).

4 Bei den Verben, die das ***Passé composé*** mit **être** bilden, richtet sich das ***Participe passé*** in **Genus** und **Numerus** nach dem **Subjekt** des Satzes.
Dies nennt man **Angleichung** des *Participe passé (l'**accord** du participe passé).*

Mehdi	est	venu.	*Mehdi ist gekommen.*
Marie	est	venu**e**.	*Marie ist gekommen.*
Mehdi et Léo	sont	venu**s**.	*Mehdi und Léo sind gekommen.*
Mehdi et Marie	sont	venu**s**.	*Mehdi und Marie sind gekommen.*
Marie et Clara	sont	venu**es**.	*Marie und Clara sind gekommen.*

5 Wenn die Pronomen ***je***, ***tu***, ***nous*** oder ***vous*** Subjekt des Satzes sind, musst du darauf achten, welche Personen durch die Pronomen vertreten werden.

*Marie à **Julien**:* **Tu** es rentré tard? — *Bist du spät nach Hause gekommen?*
*Julien à **Marie**:* **Tu** es rentré**e** tard? — *Bist du spät nach Hause gekommen?*

TOUT COMPRIS? Tu trouves les solutions à la page 73.

Mets les formes correctes du **passé composé** ou du **plus-que-parfait**.
Fais attention à l'**accord** du **participe passé**. Ecris les phrases dans ton cahier.

a – Lucie, tu **?** *(rencontrer)* Béatrice hier?
– Non, quand je **?** *(arriver)* à la fête, elle **?** déjà *(partir)*.

b – La semaine dernière, ma sœur **?** *(acheter)* une voiture. Elle n' **?** *(passer)* son permis de conduire que deux jours avant.

c – Mes parents **?** *(rentrer)* frustrés de leurs vacances. Il **?** *(pleuvoir)* pendant trois semaines.

d – Ma mère n' **?** pas *(recevoir)* de cadeau de mon frère. Il **?** *(oublier)* son anniversaire.

e – Lucie dit: Nous n' **?** jamais *(partir)* entre copines avant. Mais l'année dernière, nous **?** *(passer)* nos vacances ensemble et ça s' **?** bien *(passer)*.

18 Imparfait et passé composé

1 ***Imparfait*** und ***Passé composé*** sind beide **Zeitformen der Vergangenheit**.
Das ***Imparfait*** wird verwendet, um **Zustände** oder **gewohnheitsmäßige Handlungen** in der Vergangenheit zu beschreiben.

Le père de Jérôme raconte:
Quand j'**allais** à l'école, j'**apprenais** aussi l'allemand. C'**était** toujours la même chose pendant les cours: nous **lisions** des textes et nous **faisions** des exercices de grammaire. C'**était** vraiment ennuyeux!

Jérômes Vater erzählt:
Als ich in die Schule ging, habe ich auch Deutsch gelernt. Das war immer dasselbe in den Stunden. Wir haben Texte gelesen und Grammatikübungen gemacht.
Das war wirklich langweilig!

Leitfrage:
Was war damals? / Was geschah damals **häufig** oder **regelmäßig**? ⟶ **Imparfait**

2 Im Unterschied zum *Imparfait* wird das ***Passé composé*** verwendet, um **einmalige Handlungen** oder **aufeinanderfolgende Handlungen** (Handlungskette) in der Vergangenheit zu beschreiben. In den **anderen Fällen** wird das ***Imparfait*** verwendet, also z.B. zur Beschreibung von **Zuständen**, **Situationen** und **gleichzeitig ablaufenden Handlungen**.

Le père de Jérôme continue:
Oui, les cours d'allemand ne nous **intéressaient** pas. On ne **parlait** jamais allemand. Et pendant que le prof **expliquait** la grammaire, nous **pensions** à autre chose.
Mais un jour, il **a arrêté** de travailler.
Puis une nouvelle prof **est arrivée**.
Et tout à coup, tout **a changé**.

Jérômes Vater erzählt weiter:
Ja, die Deutschstunden haben uns nicht interessiert. Wir haben nie Deutsch gesprochen.
Und während der Lehrer die Grammatik erklärte, haben wir an etwas anderes gedacht.
Aber eines Tages hat er aufgehört zu arbeiten.
Dann ist eine neue Lehrerin gekommen.
Und plötzlich hat sich alles geändert.

Du kannst dir den Unterschied auch mit folgendem Bild gut einprägen:

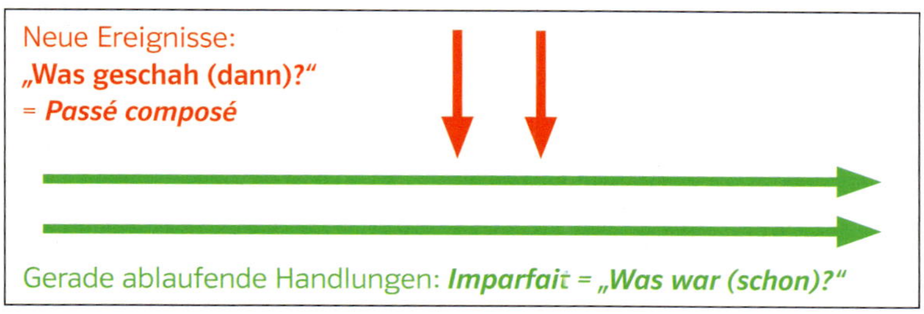

TOUT COMPRIS? Tu trouves les solutions à la page 73.

Mets les formes correctes de l'**imparfait** ou du **passé composé**.

Le père de Jérôme continue: La nouvelle prof **?** *(s'appeler)* «Frau Schneeweiß». Elle **?** *(être)* allemande. Quand on **?** *(parler)* d'elle, on **?** *(dire)* toujours: «notre Blanche-Neige». Avec elle, on **?** *(faire)* des dialogues, en allemand, bien sûr! Puis, un jour, elle **?** *(trouver)* un «Gymnasium» allemand qui **?** (*être*) prêt à faire un échange scolaire.

D'abord, notre classe **?** *(écrire)* à la classe allemande et après, les élèves allemands **?** *(répondre)*. Puis nous **?** (*partir*) en Allemagne. Nous y **?** (*apprendre*) beaucoup de mots utiles. Après, les élèves allemands nous **?** (*rendre*) visite. C'**?** (être) génial et quelques élèves **?** (*devenir*) amis pour toujours.

19 Futur proche et futur simple

Man kann sowohl das ***Futur proche*** als auch das ***Futur simple*** verwenden, wenn man **Zukünftiges** ausdrücken will. (Bildung des *Futur simple* siehe S. 61 oben: *Les verbes réguliers*.) Für den Unterschied gibt es keine festen Regeln. In der **gesprochenen Sprache** werden sowohl das ***Futur proche*** als auch das ***Futur simple*** verwendet.
In der **geschriebenen Sprache** benutzt man eher das ***Futur simple***, besonders wenn es sich um einen förmlichen oder offiziellen Text handelt.

Dans un dialogue:
- Tu crois qu'il **va faire** beau demain?
- Je ne sais pas.
  Mais j'espère qu'il ne **pleuvra** pas.

In einem Gespräch:
- *Glaubst du, dass es morgen schön ist?*
- *Ich weiß nicht.*
  Aber ich hoffe, dass es nicht regnen wird.

Dans un journal:
Demain, 15 août, il **fera** beau et chaud sur toute la France. Le soleil **brillera** partout.

In einer Zeitung:
Morgen, am 15. August, wird es schön und heiß in ganz Frankreich. Die Sonne wird überall scheinen.

TOUT COMPRIS? Tu trouves les solutions à la page 73.

Mets les formes correctes du **futur simple**.

Dans une lettre à sa copine, Yasmina parle des prochaines vacances:

- **a** Les vacances *(commencer)* dans 15 jours.
- **b** Moi et ma sœur, nous *(partir)* au bord de la mer.
- **c** Mes parents *(faire)* des randonnées dans les Alpes.
- **d** Mon frère *(rester)* à la maison. Il *(devoir)* travailler pour son entreprise, il ne *(pouvoir)* partir qu'en automne.
- **e** Pendant les vacances, je me *(lever)* tard et je *(dormir)* beaucoup.
- **f** Et toi, tu *(aller)* où? Vous *(passer)* les vacances ensemble, toi et ton copain?
- **g** Vous *(rester)* combien de temps?
- **h** Tu nous *(écrire)*?
- **i** Nous te *(répondre)* tout de suite.

Maintenant, utilise le **futur proche**.

- **a** Les vacances **vont commencer** …

20 Le conditionnel

1 Mit dem ***Conditionnel présent*** kann man einen **Wunsch**, eine **Vermutung**, einen **Ratschlag**, eine **höfliche Bitte** oder eine **Möglichkeit** ausdrücken. (Bildung des *Conditionnel présent* siehe S. 61 oben: *Les verbes réguliers*.)

Léo parle à sa professeure d'allemand:	*Léo spricht mit seiner Deutschlehrerin:*	
– Je **voudrais** faire un stage dans cette entreprise allemande.	– *Ich möchte ein Praktikum … machen.*	**Wunsch**
– Bonne idée! Comme ça, tu **apprendrais** bien l'allemand.	– *Gute Idee! So würdest du gut Deutsch lernen.*	**Vermutung**
A ta place, je leur **écrirais** d'abord un courriel.	*An deiner Stelle würde ich ihnen zunächst … schreiben.*	**Ratschlag**
– Est-ce que vous **pourriez** m'aider à écrire ce courriel?	– *Könnten Sie mir helfen, diese Mail zu schreiben?*	**höfliche Bitte**
– Bien sûr. On **pourrait** l'écrire ensemble.	– *Sicher. Wir könnten sie zusammen schreiben.*	**Möglichkeit**

2 Mit dem ***Conditionnel passé*** drückt man aus, dass ein Geschehen in der Vergangenheit hätte stattfinden können, aber tatsächlich nicht stattgefunden hat.
Es wird gebildet aus dem ***Conditionnel présent*** von ***avoir*** oder ***être*** und dem ***Participe passé*** des Verbs.
Die Angleichung des ***Participe passé*** erfolgt nach den gleichen Regeln wie beim ***Passé composé*** (⟶ **R 17**).

Une **copine** dit à Léo:	*Eine Freundin sagt zu Léo:*
«Tu **aurais pu** me dire que tu vas aller en Allemagne. Je ne le savais pas.	*„Du hättest mir sagen können, dass du nach Deutschland gehst. Ich wusste es nicht.*
Je serais peut-être **venue** avec toi.»	*Ich wäre vielleicht mit dir gekommen."*

Zur Verwendung des *Conditionnel* im Bedingungssatz ⟶ **R 24**

TOUT COMPRIS? Tu trouves les solutions à la page 73.

Mets les formes correctes du **conditionnel présent**.

A la réception d'un hôtel:

a – Nous *(aimer)* passer deux nuits dans votre hôtel. *(Avoir)*-vous encore des chambres?

b – Je suis désolée, mais l'hôtel est complet. A votre place, je m'*(adresser)* à l'hôtel en face. Je *(pouvoir)* leur téléphoner et me renseigner si vous voulez.

c – Vous *(faire)* ça pour nous? Ce *(être)* fantastique. Merci beaucoup.

d – Il vous *(falloir)* donc une chambre double pour deux nuits, c'est bien ça?

e – Non, nous *(avoir)* besoin de deux chambres doubles. Nos amis sont restés dans la voiture. Et ils *(aimer)* avoir un troisième lit dans la chambre: ils ont leur fils avec eux.

Maintenant, utilise le **conditionnel passé**. Ecris les phrases dans ton cahier.

f *La dame de la réception continue:* «Vous *(devoir)* réserver avant de partir.

g A votre place, je *(ne pas partir)* sans réservation.

h Nous *(préparer)* les deux chambres pour vous.»

21 La négation

1 Die Verneinung wird mit zwei Verneinungswörtern gebildet, z. B. ***ne*** und ***pas***.

Aujourd'hui, il **ne** pleut **pas**. — *Heute regnet es nicht.*

Du kennst die folgenden Verneinungen:

ne ... pas	*nicht*	**ne ... plus**	*nicht mehr*
ne ... pas encore	*noch nicht*	**ne ... rien**	*nichts*
ne ... jamais	*nie*	**ne ... personne**	*niemand*

2 Vor Vokal und „stummem h" wird ***ne*** zu ***n'*** verkürzt.

Je **n'**aime pas quand il pleut. — *Ich mag es nicht, wenn es regnet.*

3 In der Umgangssprache entfällt häufig das ***ne***.

Je sais pas. — *Ich weiß nicht.*

4 Die Verneinungswörter umklammern das konjugierte Verb.
Steht vor dem konjugierten Verb ein Pronomen, wird es mit umklammert.

Je **n'**écris **pas** à mon copain.	*Ich schreibe meinem Freund nicht.*
Je **ne** lui écris **pas**.	*Ich schreibe ihm nicht.*
Je **ne** lui ai **pas** écrit.	*Ich habe ihm nicht geschrieben.*
Je **ne** veux **pas** lui écrire.	*Ich will ihm nicht schreiben.*

5 ***Ne ... pas de, ne ... plus de*** und ***ne ... jamais de*** verhalten sich wie Mengenangaben.
Vor dem folgenden Nomen steht ein ***de***.

Je n'ai **pas de** chien.	*Ich habe keinen Hund.*
Je n'ai **plus d'**animaux.	*Ich habe keine Tiere mehr.*
Je n'ai **jamais d'**argent.	*Ich habe nie Geld.*

6 Bei verneintem *aimer / adorer / détester* und *préférer* steht kein ***de***, sondern immer der bestimmte Artikel. Auch bei verneintem *être* steht kein ***de***, sondern je nach Kontext der bestimmte oder unbestimmte Artikel.

Je **n'aime pas les** chats.	*Ich mag keine Katzen.*
Malou **n'est pas un** chien.	*Malou ist kein Hund.*

7 Im Unterschied zu den anderen Verneinungswörtern steht bei ***ne ... personne*** das zweite Verneinungswort ***personne*** **nach** dem ***Participe passé*** bzw. **nach** dem **Infinitiv**.

Je n'ai **vu personne**.	*Ich habe niemand gesehen.*
Je n'ai **rien vu**.	*Ich habe nichts gesehen.*
Je ne veux **voir personne**.	*Ich will niemand sehen.*
Je ne veux **rien voir**.	*Ich will nichts sehen.*

8 Sind ***rien ne*** oder ***personne ne*** **Subjekt** des Satzes, so stehen sie **vor dem Verb**. Nach dem Verb steht **kein *pas***.

Rien ne l'intéresse.	*Nichts interessiert ihn / sie.*
Personne n'est venu.	*Keiner ist gekommen.*

TOUT COMPRIS? Tu trouves les solutions à la page 73.

Mets les phrases à la **forme négative**.

a *(ne … pas)* Mon chien va bien.
b *(ne … jamais)* Normalement, il a des problèmes.
c *(ne … plus)* Il nous regarde.
d *(ne … rien)* Il veut faire quelque chose.
e *(ne … personne)* Il veut jouer avec quelqu'un.
f *(ne … pas)* C'est la joie!

22 L'interrogation

1 Zwei Frageformen sind vor allem für die **gesprochene Sprache** typisch:
- die **Intonationsfrage** bei der Frage ohne Fragewort.
  Man hebt die Stimme am Satzende an. Die Wortstellung bleibt wie im Aussagesatz.
- die Frage mit **nachgestelltem Fragewort**.

Tu as un chien.	*Du hast einen Hund.*	*(= Aussage)*
Tu as un chien?	*Hast du einen Hund?*	*(= Fragen)*
Il s'appelle **comment**?	*Wie heißt er?*	
Moustique, c'est **qui**?	*Wer ist Moustique?*	
Il est **où**?	*Wo ist er?*	
Aber: **Pourquoi** il n'est pas là?[1]	*Warum ist er nicht da?*	

2 Die Frage mit ***est-ce que*** wird in der **gesprochenen** und der **geschriebenen** Sprache verwendet.
Bei Fragen ohne Fragewort steht ***Est-ce que*** am Satzanfang.
Bei Fragen mit Fragewort steht ***est-ce que*** nach dem Fragewort.
Die Wortstellung bleibt wie im Aussagesatz.

		Tu as un chien.	*Du hast einen Hund.*	*(= Aussage)*
	Est-ce que	tu as un chien?	*Hast du einen Hund?*	*(= Fragen)*
Comment	**est-ce qu'**	il s'appelle?	*Wie heißt er?*	
Où	**est-ce qu'**	il est?	*Wo ist er?*	
Qu'	**est-ce qu'**	il fait?	*Was macht er?*	
Pourquoi	**est-ce qu'**	il n'est pas là?	*Warum ist er nicht da?*	

3 Die **Inversionsfrage** kommt hauptsächlich in der **geschriebenen** Sprache vor. Man verwendet sie, wenn das **Subjekt** ein Pronomen ist.
Bei der Inversionsfrage wird die **Stellung** von **Subjekt** und **Verb vertauscht**. Das Subjektpronomen wird mit einem **Bindestrich** an das konjugierte Verb angeschlossen.
Vor ***il / elle / on*** tritt zwischen **Verb und Subjektpronomen** ein ***-t-***, wenn die Verbform auf ***-e*** oder ***-a*** endet.

	Tu as	un chien.	*Du hast einen Hund.*	*(= Aussage)*
	As- tu	un chien?	*Hast du einen Hund?*	*(= Frage)*
Comment	**s'appelle-t-il?**		*Wie heißt er?*	

1 ***Pourquoi*** steht auch in der gesprochenen Sprache immer am Anfang.

4 **Übersicht** über einige Frageformen und Fragewörter:

1. Geläufige Kurzformen

Qui est-ce?	*Wer ist das?*
C'est qui?	*Wer ist das? (nur gesprochen)*
Qui est Sacha?	*Wer ist Sacha?*
Qu'est-ce que c'est?	*Was ist das?*
Que fait Sacha?	*Was macht Sacha?*
Que font les garçons?	*Was machen die Jungen?*
Où est Sacha?	*Wo ist Sacha?*
Où sont les garçons?	*Wo sind die Jungen?*
Quelle heure est-il?	*Wie viel Uhr ist es?*
Quel temps fait-il?	*Wie ist das Wetter?*
Quel âge as-tu?	*Wie alt bist du?*
Quel livre est-ce que tu préfères?	*Welches Buch magst du lieber?*
Lequel est-ce que tu préfères?	*Welches magst du lieber?*
Tu fais **quoi**?	*Was machst du?* } *nur gesprochene Umgangssprache!*
Pourquoi tu fais ça?	*Warum machst du das?*

2. Frage nach dem Subjekt

Qui (selten: **Qui est-ce qui**) connaît Paris?	*Wer kennt Paris?*
Qu'est-ce qui intéresse les élèves?	*Was interessiert die Schüler?*

3. Frage nach dem Objekt

Qui est-ce que le professeur encourage?	*Wen ermutigt der Lehrer?*
Qu'est-ce que le professeur dit?	*Was sagt der Lehrer?*

TOUT COMPRIS? Tu trouves les solutions à la page 73.

1 Lis la réponse, puis formule la **question**.

a ? – Roger? C'est mon frère.
b ? – Oui, j'ai un frère.
c ? – Il a 25 ans.
d ? – Il habite à Marseille.
e ? – Il travaille au port.
f ? – Non, je ne le vois pas souvent.
g ? – Parce qu'il n'a pas beaucoup de temps.

2 Complète avec **qui, qui est-ce que, qu'est-ce qui** ou **qu'est-ce que**.

On prépare un projet.
a ? vous proposez comme sujet?
b ? va intéresser les autres?
c ? on va choisir comme titre?
d ? fait une recherche sur Internet?
e ? va noter toutes les idées?
f ? tu vas raconter?
g ? on va inviter à la présentation?
h ? va présenter notre projet aux autres?

23 Le discours indirect / L'interrogation indirecte

1 Die **indirekte Rede** wird durch die Konjunktion ***que*** („dass") eingeleitet. Vor Vokal wird ***que*** zu ***qu'*** verkürzt. Vor ***que*** steht **kein Komma**.

Alex dit:		«Marc est génial!»	*Alex sagt: „Marc ist genial!"*
Alex dit	**que**	Marc est génial.	*Alex sagt, dass Marc genial ist.*
Elle explique:		«Il nage très bien.»	*Sie erklärt: „Er schwimmt sehr gut."*
Elle explique	**qu'**	il nage très bien.	*Sie erklärt, dass er sehr gut schwimmt.*

2 Die **indirekte Frage** wird durch die Konjunktion ***si*** („ob") oder durch ein Fragewort, z. B. ***où*** („wo"), eingeleitet. ***Si*** wird nur vor ***il / ils*** zu ***s'*** verkürzt. ***Est-ce que*** entfällt in der indirekten Frage. Vor ***si*** und den **Fragewörtern** steht **kein Komma**.

Alex demande:		«Marc est là?»	*Alex fragt: „Ist Marc da?"*
Alex demande	**si**	Marc est là.	*Alex fragt, ob Marc da ist.*
Elle demande:		«Il est à la plage?»	*Sie fragt: „Ist er am Strand?"*
Elle demande	**s'**	il est à la plage.	*Sie fragt, ob er am Strand ist.*
Elle veut savoir		«**Où est-ce qu'il** est?»	*Sie will wissen: „Wo ist er?"*
Elle veut savoir	**où**	il est.	*Sie will wissen, wo er ist.*

3 Wie im Deutschen und im Englischen muss man **Pronomen**, **Verbformen** und **Possessivbegleiter** in der indirekten Rede **anpassen**.

Alex dit:	«**J'**	**ai**	cherché	**mon**	copain.»	***„Ich habe meinen** Freund gesucht."*
	↓	↓		↓		
Alex dit qu'	**elle**	**a**	cherché	**son**	copain.	*… dass **sie ihren** Freund gesucht **hat**.*
Alex demande à Marc:	«**Tu**	**me**	**téléphones**?»			***„Rufst du mich** an?"*
	↓	↓	↓			
Elle demande à Marc s'	**il**	**lui**	**téléphone**.			*… ob **er sie anruft**.*

TOUT COMPRIS? Tu trouves les solutions à la page 73.

Utilise le **discours indirect** ou l'**interrogation indirecte**.

Je suis chez le médecin:
- **a** Il demande: «Pourquoi est-ce que tu viens?»
- **b** Je lui réponds: «C'est pour ma jambe.»
- **c** Il demande: «Est-ce qu'elle te fait mal?»
- **d** Je lui explique: «Elle me fait très mal.»
- **e** Il dit: «Il faut faire une radio *(röntgen)*.»
- **f** Il aimerait savoir: «Qui va t'aider à rentrer à la maison?»
- **g** Je lui réponds: «C'est ma mère qui est venue avec moi.»

24 La phrase conditionnelle

Im Bedingungssatz können im Haupt- und Nebensatz je nach Sinn verschiedene Zeitformen des Verbs kombiniert werden. Hier einige wichtige Fälle:

1 Bedingung **erfüllbar** (Bedingungssatz Typ I):
Si*-Satz**: ***Présent ⟶ **Hauptsatz**: ***Présent / Futur simple / Impératif***
Bei „**vorsichtigerer**" Formulierung (= man ist nicht ganz sicher):
Si-Satz: ***Imparfait*** ⟶ **Hauptsatz: *Conditionnel présent***

S'il **fait** beau demain,	nous **irons** à la piscine.	*Wenn / Falls es morgen schön ist, gehen wir ins Schwimmbad.*
Si tu **viens** avec moi,	ce **sera** génial.	*Wenn / Falls du mit mir kämst, wäre das genial.*

2 Bedingung **nicht erfüllbar** (Bedingungssatz Typ II):
Si*-Satz**: ***Imparfait ⟶ **Hauptsatz: *Conditionnel présent***

Si j'**étais** un oiseau,	je **volerais** vers toi.	*Wenn ich ein Vogel wäre, würde ich zu dir fliegen.*
Si nous **avions** 20 ans,	nous **ferions** un tour du monde.	*Wenn wir 20 Jahre alt wären, würden wir eine Weltreise machen.*

3 Bedingung **nicht mehr erfüllbar** (Bedingungssatz Typ III), die Bedingung bezieht sich auf die **Vergangenheit**:
Si*-Satz**: ***Plus-que-parfait ⟶ **Hauptsatz: *Conditionnel passé***

S'il n'**avait** pas **plu** hier,	nous **serions allés** à la piscine.	*Wenn es gestern nicht geregnet hätte, wären wir … gegangen.*
Si on s'**était vus**,	je t'**aurais raconté** des choses intéressantes.	*Wenn wir uns gesehen hätten, hätte ich dir interessante Dinge erzählt.*

4 **Wichtig!** Nach „***si* = wenn / falls**" steht im Französischen **nie** das ***Futur*** und nie das ***Conditionnel***. Das ist wie im Englischen.

Si je ~~vivrais~~ **vivais** en France, If I ~~would live~~ **lived** in France,	j'aimerais habiter à Paris. I would like to live in Paris.	*Wenn ich in Frankreich leben würde, würde ich gern in Paris wohnen.*

Zur Verwendung von „*si* = ob" in der indirekten Frage ⟶ **R 23**.

TOUT COMPRIS? Tu trouves les solutions à la page 73.

Mets les verbes entre parenthèses à la forme correcte.

Jérôme à sa sœur:

a Dors si tu *(être)* fatiguée.
b Si tu te couchais plus tôt, tu *(être)* moins fatiguée.
c Si tu *(se lever)* moins tard ce matin, tu n'aurais pas raté le bus.
d Si j'*(être)* toi, je passerais moins de temps devant l'ordinateur.
e Nous *(mieux dormir)* la nuit dernière si nous ne nous étions pas disputés hier.
f Si ça continue, nos parents *(se mettre)* en colère.

25 Les compléments du verbe

1 Beachte bei den **Objekten** einige Unterschiede zum Deutschen.

Französisch: Indirektes Objekt	Deutsch: Akkusativobjekt	Französisch: Direktes Objekt	Deutsch: Dativobjekt
demander à qn	*jdn. fragen / bitten*	aider qn	*jdm. helfen*
mentir à qn	*jdn. belügen*	croire qn	*jdm. glauben*
téléphoner à qn	*jdn. anrufen*	écouter qn	*jdm. zuhören*
		rencontrer qn	*jdm. begegnen*

2 Infinitive werden entweder **ohne Präposition**, mit **à** oder **de** an das Verb angeschlossen.

1. Anschluss **ohne Präposition**

aller faire qc	*etw. tun werden*	détester faire qc	*etw. sehr ungern tun*
devoir faire qc	*etw. tun müssen / sollen*	oser faire qc	*wagen, etw. zu tun*
pouvoir faire qc	*etw. tun können*	préférer faire qc	*etw. lieber tun*
savoir faire qc	*etw. tun können (wissen, wie)*	espérer faire qc	*hoffen, etw. zu tun*
vouloir faire qc	*etw. tun wollen*	partir faire qc	*losgehen, um etw. zu tun*
aimer faire qc	*etw. gern tun*	sortir faire qc	*ausgehen, um etw. zu tun*
adorer faire qc	*etw. sehr gern tun*	venir faire qc	*kommen, um etw. zu tun*
désirer faire qc	*wünschen, etw. zu tun*	laisser qn faire qc	*jdn. etw. tun lassen*
		il faut faire qc	*man muss etw. tun*

2. Anschluss mit der Präposition ***à***

s'amuser **à** faire qc	*sich (dabei) amüsieren, etw. zu tun*	encourager qn **à** faire qc	*jdn. ermutigen, etw. zu tun*
apprendre **à** faire qc	*lernen, etw. zu tun*	inviter qn **à** faire qc	*jdn. einladen, etw. zu tun*
arriver **à** faire qc	*es gelingt, etw. zu tun*	motiver qn **à** faire qc	*jdn. motivieren, etw. zu tun*
commencer **à** faire qc	*anfangen, etw. zu tun*	passer son temps **à** faire qc	*seine Zeit damit verbringen, etw. zu tun*
continuer **à** faire qc	*fortfahren, etw. zu tun*	servir **à** faire qc	*dazu dienen, etw. zu tun*
hésiter **à** faire qc	*zögern, etw. zu tun*		
réussir **à** faire qc	*es gelingt, etw. zu tun*		
aider qn **à** faire qc	*jdm. helfen, etw. zu tun*		

3. Anschluss mit der Präposition ***de***

accuser qn **de** faire qc	*jdn. anklagen, etw. zu tun*
arrêter **de** faire qc	*aufhören, etw. zu tun*
décider **de** faire qc	*entscheiden, etw. zu tun*
se dépêcher **de** faire qc	*sich beeilen, etw. zu tun*
essayer **de** faire qc	*versuchen, etw. zu tun*
être en train **de** faire qc	*gerade dabei sein, etw. zu tun*
finir **de** faire qc	*aufhören, etw. zu tun*
s'occuper **de** faire qc	*sich damit beschäftigen, etw. zu tun*
oublier **de** faire qc	*vergessen, etw. zu tun*
proposer **de** faire qc	*vorschlagen, etw. zu tun*
rêver **de** faire qc	*träumen, etw. zu tun*
risquer **de** faire qc	*riskieren, etw. zu tun*
venir **de** faire qc	*etw. gerade getan haben*
ça ne sert à rien **de** faire qc	*es nützt nichts, etw. zu tun*
dire à qn **de** faire qc	*jdm. sagen, dass er / sie etw. tun soll*
demander à qn **de** faire qc	*jdn. bitten, etw. zu tun*
pardonner à qn **de** faire qc	*jdm. verzeihen, etw. zu tun*
permettre à qn **de** faire qc	*jdm. erlauben, etw. zu tun*
proposer à qn **de** faire qc	*jdm. vorschlagen, etw. zu tun*
avoir envie **de** faire qc	*Lust haben, etw. zu tun*
avoir peur **de** faire qc	*Angst haben, etw. zu tun*
avoir raison **de** faire qc	*recht haben, etw. zu tun*
en avoir marre **de** faire qc *(fam.)*	*die Nase voll haben, etw. zu tun (ugs.)*
avoir le droit **de** faire qc	*das Recht haben, etw. zu tun*
avoir le temps **de** faire qc	*die Zeit haben, etw. zu tun*

CHASSE AUX FAUTES

(toutes les révisions) Tu trouves les solutions à la page 73.

En cours de français, chaque élève doit présenter son sport préféré.
Claudia a préparé un petit texte mais elle a fait beaucoup de fautes. Corrige-les dans ton cahier.

1 Bonjour tout le monde. Avant de commencer ma présentation, je voudrais présenter moi. **2** Je suis 16 ans et je habite à Munich. **3** Aujourd'hui, je vais parler de mon sport préféré: le tennis. J'adore tennis.
4 Je le fais depuis toujours. **5** Tous les week-ends, mes amis et moi, nous levons nous tôt pour aller jouer. **6** D'abord, j'informe moi s'il fait beau, bien sûr! Après, j'appelle mes amis. **7** Souvent, ils dorment encore, alors je les écris un texto. **8** Je dépêche et je prépare mon sac: une bouteille d'eau, mes baskets et mes balles. **9** Je prends en toujours sixe parce que je perds les souvent. **10** Le tennis est un sport qui je trouve cool parce que j'y ai toujours fait avec mes parents. **11** Mes grands-parents ont tout appris à mes parents et ce sont eux que m'ont montré.
12 La France est le pays où je joue au tennis pour le premier fois. **13** C'est pendant les vacances d'été à Argelès-sur-Mer. **14** J'étais 14 ans. Ah oui, ce sont des belles souvenirs! **15** Et les prochaines vacances, je vais aussi en France. Cette fois, au Touquet.
16 Notre appartement de vacances est pas loin de la plage. **17** La dernière fois, mes grands-parents sont venu aussi. **18** Mais cette fois, ils ne venaient pas parce qu'ils ne connaît personne. **19** Alors je les enverrai des cartes postales en allemand parce qu'ils parlent pas français! **20** Mais peut-être je vais les apprendre quelque mots en français. On vera!

26 Les verbes réguliers

Beachte, von welcher Verbform aus die folgenden Zeiten gebildet werden.

Imparfait: Anhängen der Endungen an den **Stamm der 1. Person Plural Präsens**

Futur simple und **Conditionnel présent:** Anhängen der Endungen an das **-*r*- des Infinitivs**
Bei einigen Verben auf -***er*** mit Besonderheiten:
Ableitung von der 1. Person Singular Präsens

Subjonctif: Die Subjonctif-Formen der **1. und 2. Person Plural** = Formen des **Imparfait**
Bei den **übrigen Personen**: Anhängen der Endungen an den **Stamm der 3. Person Plural Präsens**

! Ausnahmen

1. Die Verben auf *-er*

Infinitif / Impératif		Présent	Imparfait	Futur simple	Conditionnel présent	Subjonctif présent que je / tu / …	Passé composé / Passé simple
chercher	je	cherche	cherchais	chercherai	chercherais	cherche	j'ai **cherché**
(suchen)	tu	cherches	cherchais	chercheras	chercherais	cherches	
	il	cherche	cherchait	cherchera	chercherait	cherche	
Cherche.	nous	cherchons	cherchions	chercherons	chercherions	cherchions	il chercha
Cherchons.	vous	cherchez	cherchiez	chercherez	chercheriez	cherchiez	ils cherchèrent
Cherchez.	ils	cherchent	cherchaient	chercheront	chercheraient	cherchent	

Ebenso: alle regelmäßigen Verben auf ***-er***

Beachte:
Von den regelmäßigen Verben auf ***-er*** bilden die folgender Verben das ***Passé composé*** mit ***être***:
arriver (ankommen), ***entrer*** (eintreten), ***rentrer*** (zurückkommen, nach Hause gehen), ***monter*** (hinaufsteigen), ***rester*** (bleiben), ***retourner*** (umkehren), ***passer*** (nur im Sinne von: vorbeigehen / -fahren / -kommen), ***tomber*** (fallen).
Sieh dir das „**être**-Haus" auf S. 49 an.

2. Die Verben auf *-er* mit Besonderheiten

Infinitif / Impératif		Présent	Imparfait	Futur simple	Conditionnel présent	Subjonctif présent	Passé composé / Passé simple
acheter	je	achète	achetais	achèterai	achèterais	achète	j'ai **acheté**
(kaufen)	tu	achètes	achetais	achèteras	achèterais	achètes	
	il	achète	achetait	achètera	achèterait	achète	
Achète.	nous	achetons	achetions	achèterons	achèterions	achetions	il acheta
Achetons.	vous	achetez	achetiez	achèterez	achèteriez	achetiez	ils achetèrent
Achetez.	ils	achètent	achetaient	achèteront	achèteraient	achètent	

Ebenso: élever (großziehen, erziehen; züchten), **enlever** (ausziehen; abnehmen), **se lever*** (aufstehen), **se promener*** (spazieren gehen)

* Diese Verben bilden das ***Passé composé*** mit ***être***.

Infinitif Impératif		Présent	Imparfait	Futur simple	Conditionnel présent	Subjonctif présent que je / tu / …	Passé composé Passé simple
répéter	je	répète	répétais	répèterai	répèterais	répète	j'ai **répété**
(wiederholen)	tu	répètes	répétais	répèteras	répèterais	répètes	
	il	répète	répétait	répètera	répèterait	répète	
j'ai **répété**	nous	répétons	répétions	répèterons	répèterions	répétions	il répéta
	vous	répétez	répétiez	répèterez	répèteriez	répétiez	ils répétèrent
	ils	répètent	répétaient	répèteront	répèteraient	répètent	

Ebenso: célébrer (feiern), **compléter** (vervollständigen), **considérer** (betrachten), **espérer** (hoffen), **exagérer** (übertreiben), **préférer** (vorziehen, lieber mögen), **régler** (regeln)

Infinitif Impératif		Présent	Imparfait	Futur simple	Conditionnel présent	Subjonctif présent que je / tu / …	Passé composé Passé simple
appeler	je	appelle	appelais	appellerai	appellerais	appelle	j'ai **appelé**
(rufen, anrufen)	tu	appelles	appelais	appelleras	appellerais	appelles	
	il	appelle	appelait	appellera	appellerait	appelle	
Appelle …	nous	appelons	appelions	appellerons	appellerions	appelions	il appela
Appelons …	vous	appelez	appeliez	appellerez	appelleriez	appeliez	ils appelèrent
Appelez …	ils	appellent	appelaient	appelleront	appelleraient	appellent	

Ebenso: s'appeler* (heißen), **se rappeler*** (sich erinnern)

Infinitif Impératif		Présent	Imparfait	Futur simple	Conditionnel présent	Subjonctif présent que je / tu / …	Passé composé Passé simple
payer	je	paie	payais	paierai	paierais	paie	j'ai **payé**
(bezahlen)	tu	paies	payais	paieras	paierais	paies	
	il	paie	payait	paiera	paierait	paie	
Paie.	nous	payons	payions	paierons	paierions	payions	il paya
Payons.	vous	payez	payiez	paierez	paieriez	payiez	ils payèrent
Payez.	ils	paient	payaient	paieront	paieraient	paient	

Ebenso: envoyer (schicken), **essayer** (versuchen)

Infinitif Impératif		Présent	Imparfait	Futur simple	Conditionnel présent	Subjonctif présent que je / tu / …	Passé composé Passé simple
commencer	je	commence	commençais	commencerai	commencerais	commence	j'ai **commencé**
(anfangen)	tu	commences	commençais	commenceras	commencerais	commences	
	il	commence	commençait	commencera	commencerait	commence	
Commence.	nous	commençons	commencions	commencerons	commencerions	commencions	il commença
Commençons.	vous	commencez	commenciez	commencerez	commenceriez	commenciez	ils commen-
Commencez.	ils	commencent	commençaient	commenceront	commenceraient	commencent	cèrent

Ebenso: annoncer (ankündigen), **avancer** (vorankommen), **dénoncer** (verraten), **foncer** (rasen), **influencer** (beeinflussen), **lancer** (werfen), **remplacer** (ersetzen), **renforcer** (verstärken, festigen)

Infinitif Impératif		Présent	Imparfait	Futur simple	Conditionnel présent	Subjonctif présent que je / tu / …	Passé composé Passé simple
manger	je	mange	mangeais	mangerai	mangerais	mange	j'ai **mangé**
(essen)	tu	manges	mangeais	mangeras	mangerais	manges	
	il	mange	mangeait	mangera	mangerait	mange	
Mange.	nous	mangeons	mangions	mangerons	mangerions	mangions	il mangea
Mangeons.	vous	mangez	mangiez	mangerez	mangeriez	mangiez	ils mangèrent
Mangez.	ils	mangent	mangeaient	mangeront	mangeraient	mangent	

Ebenso: bouger (sich bewegen), **changer** (wechseln), **se changer*** (sich umziehen), **déménager** (umziehen), **diriger** (lenken, steuern), **encourager** (ermutigen), **s'engager*** (sich engagieren), **loger** (wohnen), **nager** (schwimmen), **partager** (teilen), **ranger** (aufräumen), **voyager** (reisen)

* Diese Verben bilden das ***Passé composé*** mit **être**.

3. Die Verben auf *-dre*

Infinitif / Passé composé		Présent	Imparfait	Futur simple	Conditionnel présent	Subjonctif présent que je / tu / …	Passé composé / Passé simple
répondre	je	réponds	répondais	répondrai	répondrais	réponde	j'ai **répondu**
(antworten)	tu	réponds	répondais	répondras	répondrais	répondes	
	il	répond	répondait	répondra	répondrait	réponde	
Réponds.	nous	répondons	répondions	répondrons	répondrions	répondions	il répondit
Répondons.	vous	répondez	répondiez	répondrez	répondriez	répondiez	ils répondirent
Répondez.	ils	répondent	répondaient	répondront	répondraient	répondent	

Ebenso: **attendre** (warten), **s'attendre à*** (erwarten, rechnen mit), **défendre** (verteidigen), **descendre*** (hinuntergehen, aussteigen), **entendre** (hören), **perdre** (verlieren), **se perdre*** (sich verirren, sich verlaufen), **rendre** (zurückgeben), **surprendre** (überraschen)

4. Die Verben auf *-ir* (Gruppe *dormir*)

Infinitif / Passé composé		Présent	Imparfait	Futur simple	Conditionnel présent	Subjonctif présent	Passé composé / Passé simple
dormir	je	do**rs**	dormais	dormirai	dormirais	dorme	j'ai **dormi**
(schlafen)	tu	do**rs**	dormais	dormiras	dormirais	dormes	
	il	do**rt**	dormait	dormira	dormirait	dorme	
Do**rs**.	nous	dormons	dormions	dormirons	dormirions	dormions	il dormit
Dormons.	vous	dormez	dormiez	dormirez	dormiriez	dormiez	ils dormirent
Dormez.	ils	dorment	dormaient	dormiront	dormiraient	dorment	

Ebenso: **mentir** (lügen), **partir*** (weggehen, abfahren), **sentir** (fühlen, riechen), **servir** (dienen, nützlich sein), **sortir*** (hinausgehen, ausgehen), **sortir qc** (hinausbringen)

5. Die Verben auf *-ir* (Gruppe *choisir*)

Infinitif / Passé composé		Présent	Imparfait	Futur simple	Conditionnel présent	Subjonctif présent	Passé composé / Passé simple
choisir	je	choisis	choisi**ss**ais	choisirai	choisirais	choisi**ss**e	j'ai **choisi**
(wählen, aussuchen)	tu	choisis	choisi**ss**ais	choisiras	choisirais	choisi**ss**es	
	il	choisit	choisi**ss**ait	choisira	choisirait	choisi**ss**e	
Choisis.	nous	choisi**ss**ons	choisi**ss**ions	choisirons	choisirions	choisi**ss**ions	il choisit
Choisi**ss**ons.	vous	choisi**ss**ez	choisi**ss**iez	choisirez	choisiriez	choisi**ss**iez	ils choisirent
Choisi**ss**ez.	ils	choisi**ss**ent	choisi**ss**aient	choisiront	choisiraient	choisi**ss**ent	

Ebenso: **applaudir** (applaudieren), **avertir** (benachrichtigen; warnen), **finir** (beenden, aufhören), **grandir** (wachsen, aufwachsen), **réagir** (reagieren), **réfléchir** (überlegen), **réussir** (erfolgreich sein, gelingen)

6. Die Verben auf *-indre*

Infinitif / Passé composé		Présent	Imparfait	Futur simple	Conditionnel présent	Subjonctif présent	Passé composé / Passé simple
craindre	je	crains	craignais	craindrai	craindrais	craigne	j'ai **craint**
(fürchten)	tu	crains	craignais	craindras	craindrais	craignes	
	il	craint	craignait	craindra	craindrait	craigne	
Crains.	nous	craignons	craignions	craindrons	craindrions	craignions	il craignit
Craignons.	vous	craignez	craigniez	craindrez	craindriez	craigniez	ils craignirent
Craignez.	ils	craignent	craignaient	craindront	craindraient	craignent	

Ebenso: **peindre** (malen, anmalen, anstreichen), **se plaindre*** (sich beklagen)

* Diese Verben bilden das ***Passé composé*** mit ***être***.

27 Les verbes irréguliers

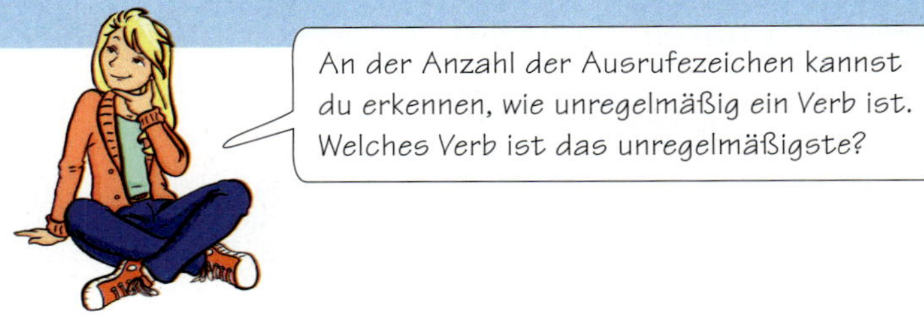

Infinitif / Impératif		Présent	Imparfait	Futur simple	Conditionnel présent	Subjonctif présent que je / tu / …	Passé composé / Passé simple
accueillir	j'	**accueille** !	accueillais	accueillerai	accueillerais	accueille	j'ai **accueilli**
(aufnehmen,	tu	accueilles	accueillais	accueilleras	accueillerais	accueilles	
empfangen)	il	accueille	accueillait	accueillera	accueillerait	accueille	
Accueille …	nous	accueillons	accueillions	accueillerons	accueillerions	accueillions	
Accueillons …	vous	accueillez	accueilliez	accueillerez	accueilleriez	accueilliez	il **accueillit**
Accueillez …	ils	accueillent	accueillaient	accueilleront	accueilleraient	accueillent	ils **accueillirent**
aller* (gehen)	je/j'	vais	allais	**irai** !	**irais** !	aille !	je **suis allé(e)**
	tu	vas	allais	iras	irais	ailles	
Va.	il	va	allait	ira	irait	aille	
Allons.	nous	allons	allions	irons	irions	allions	il alla
Allez.	vous	allez	alliez	irez	iriez	alliez	ils allèrent
	ils	vont	allaient	iront	iraient	aillent	
s'asseoir	je	m'assois	m'asseyais	m'**assiérai** !	m'**assiérais** !	m'**asseye** !	je me **suis**
(sich setzen)	tu	t'assois	t'asseyais	t'assiéras	t'assiérais	t'asseyes	**assis(e)**
	il	s'assoit	s'asseyait	s'assiéra	s'assiérait	s'asseye	
Assieds-toi.	nous	nous asseyons	nous asse**y**ions	nous assiérons	nous assiérions	nous asse**y**ions	
Asseyons-nous.							
Asseyez- vous.	vous	vous asseyez	vous asse**y**iez	vous assiérez	vous assiériez	vous asse**y**iez	il s'assit
	ils	s'assoient	s'asseyaient	s'assiéront	s'assiéraient	s'asseyent	ils s'assirent
avoir	j'	ai	avais	**aurai** !	**aurais** !	**aie** !	j'ai **eu**
(haben)	tu	as	avais	auras	aurais	aies	
	il	a	avait	aura	aurait	ait	
Aie …	nous	avons	avions	aurons	aurions	a**y**ons	
A**y**ons …	vous	avez	aviez	aurez	auriez	a**y**ez	il eut
A**y**ez …	ils	ont	avaient	auront	auraient	aient	ils eurent
se battre*	je	me bats	me battais	me battrai	me battrais	me batte	je me suis
(kämpfen)	tu	te bats	te battais	te battras	te battrais	te battes	**battu(e)**
	il	se bat	se battait	se battra	se battrait	se batte	
Bats-toi.	nous	nous battons	nous battions	nous battrons	nous battrions	nous battions	il se battit
Battons-nous.	vous	vous battez	vous battiez	vous battrez	vous battriez	vous battiez	ils se battirent
Battez-vous.	ils	se battent	se battaient	se battront	se battraient	se battent	

* Diese Verben bilden das ***Passé composé*** mit ***être***.

Infinitif / Impératif		Présent	Imparfait	Futur simple	Conditionnel présent	Subjonctif présent que je / tu / …	Passé composé / Passé simple
boire	je	bois	buvais	boirai	boirais	boive	j'ai **bu**
(trinken)	tu	bois	buvais	boiras	boirais	boives	
	il	boit	buvait	boira	boirait	boive	
Bois.	nous	buvons	buvions	boirons	boirions	buvions	il but
Buvons.	vous	buvez	buviez	boirez	boiriez	buviez	ils burent
Buvez.	ils	boivent	buvaient	boiront	boiraient	boivent	
connaître	je	connais	connaissais	connaîtrai	connaîtrais	connaisse	j'ai **connu**
(kennen)	tu	connais	connaissais	connaîtras	connaîtrais	connaisses	
	il	connaît	connaissait	connaîtra	connaîtrait	connaisse	il connut
	nous	connaissons	connaissions	connaîtrons	connaîtrions	connaissions	ils connurent
	vous	connaissez	connaissiez	connaîtrez	connaîtriez	connaissiez	
	ils	connaissent	connaissaient	connaîtront	connaîtraient	connaissent	

Ebenso: disparaître (verschwinden), **paraître** (scheinen, erscheinen), **reconnaître** (anerkennen, (wieder)erkennen)

Infinitif / Impératif		Présent	Imparfait	Futur simple	Conditionnel présent	Subjonctif présent que je / tu / …	Passé composé / Passé simple
construire	je	construis	construisais	construirai	construirais	construise	j'ai **construit**
(bauen)	tu	construis	construisais	construiras	construirais	construises	
	il	construit	construisait	construira	construirait	construise	
Construis.	nous	construisons	construisions	construirons	construirions	construisions	il construisit
Construisons.	vous	construisez	construisiez	construirez	construiriez	construisiez	ils construi-
Construisez.	ils	construisent	construisaient	construiront	construiraient	construisent	sirent

Ebenso: détruire (zerstören), **reconstruire** (wieder aufbauen), **réduire** (verringern, reduzieren), **traduire** (übersetzen)

Infinitif / Impératif		Présent	Imparfait	Futur simple	Conditionnel présent	Subjonctif présent que je / tu / …	Passé composé / Passé simple
convaincre	je	convaincs	convainquais	convaincrai	convaincrais	convainque	j'ai **convaincu**
(überzeugen)	tu	convaincs	convainquais	convaincras	convaincrais	convainques	
	il	convainc	convainquait	convaincra	convaincrait	convainque	
Convaincs …	nous	convain**qu**ons	convainquions	convaincrons	convaincrions	convainquions	il convainquit
Convainquons …	vous	convain**qu**ez	convainquiez	convaincrez	convaincriez	convainquiez	ils convain-
Convainquez …	ils	convain**qu**ent	convainquaient	convaincront	convaincraient	convainquent	quirent
courir	je	cours	courais	cou**rr**ai !	cou**rr**ais !	coure	j'ai **couru**
(laufen)	tu	cours	courais	cou**rr**as	cou**rr**ais	coures	
	il	court	courait	cou**rr**a	cou**rr**ait	coure	
Cours.	nous	courons	courions	cou**rr**ons	cou**rr**ions	courions	il courut
Courons.	vous	courez	couriez	cou**rr**ez	cou**rr**iez	couriez	ils coururent
Courez.	ils	courent	couraient	cou**rr**ont	cou**rr**aient	courent	
croire	je	crois	croyais	croirai	croirais	croie	j'ai **cru**
(glauben)	tu	crois	cro**y**ais	croiras	croirais	croies	
	il	croit	cro**y**ait	croira	croirait	croie	
Crois …	nous	cro**y**ons	cro**yi**ons	croirons	croirions	croyions	
Croyons …	vous	cro**y**ez	cro**yi**ez	croirez	croiriez	croyiez	il crut
Croyez …	ils	croient	cro**y**aient	croiront	croiraient	croient	ils crurent

* Diese Verben bilden das ***Passé composé*** mit ***être***.

Infinitif / Impératif		Présent	Imparfait	Futur simple	Conditionnel présent	Subjonctif présent que je / tu / …	Passé composé / Passé simple
devoir	je	dois	devais	**devrai** !	**devrais** !	doive	j'ai **dû**
(sollen,	tu	dois	devais	devras	devrais	doives	
müssen)	il	doit	devait	devra	devrait	doive	
	nous	devons	devions	devrons	devrions	devions	il dut
	vous	devez	deviez	devrez	devriez	deviez	ils durent
	ils	doivent	devaient	devront	devraient	doivent	
dire	je	dis	disais	dirai	dirais	dise	j'ai **dit**
(sagen)	tu	dis	disais	diras	dirais	dises	
	il	dit	disait	dira	dirait	dise	
Dis.	notus	disons	disions	dirons	dirions	disions	il dit
Disons.	vous	**dites**	disiez	direz	diriez	disiez	ils dirent
Dites.	ils	disent	disaient	diront	diraient	disent	
Ebenso: interdire (verbieten)							
écrire	j'	écris	écrivais	écrirai	écrirais	écrive	j'ai **écrit**
(schreiben)	tu	écris	écrivais	écriras	écrirais	écrives	
	il	écrit	écrivait	écrira	écrirait	écrive	
Ecris.	nous	écrivons	écrivions	écrirons	écririons	écrivions	il écrivit
Ecrivons.	vous	écrivez	écriviez	écrirez	écririez	écriviez	ils écrivirent
Ecrivez.	ils	écrivtent	écrivaient	écriront	écriraient	écrivent	
Ebenso: décrire (schreiben)							
envoyer	j'	envoie	envoyais	enverrai !	enverrais !	envoie	j'ai **envoyé**
(schicken)	tu	envoies	envoyais	enverras	enverrais	envoies	
	il	envoie	envoyait	enverra	enverrait	envoie	
Envoie …	nous	envoyons	envoyions	enverrons	enverrions	envoyions	il envoya
Envoyons …	vous	envoyez	envoyiez	enverrez	enverriez	envoyiez	ils envoyèrent
Envoyez …	ils	envoient	envoyaient	enverront	enverraient	envoient	
être	je/j'	suis	**étais** !	**serai** !	**serais** !	**sois** !	j'ai **été**
(sein)	tu	es	étais	seras	serais	sois	
	il	est	était	sera	serait	soit	
Sois …	nous	sommes	étions	serons	serions	soyons	il **fut**
Soyons …	vous	êtes	étiez	serez	seriez	soyez	ils **furent**
Soyez …	ils	sont	étaient	seront	seraient	soient	
faire	je	fais	faisais	**ferai** !	**ferais** !	**fasse** !	j'ai **fait**
(machen)	tu	fais	faisais	feras	ferais	fasses	
	il	fait	faisait	fera	ferait	fasse	
Fais …	nous	faisons	faisions	ferons	ferions	fassions	il fit
Faisons …	vous	**faites**	faisiez	ferez	feriez	fassiez	ils firent
Faites …	ils	font	faisaient	feront	feraient	fassent	
falloir	il	faut	fallait	**faudra** !	**faudrait** !	qu'il **faille** !	il a **fallu**
(müssen)							il fallut

Infinitif / Impératif		Présent	Imparfait	Futur simple	Conditionnel présent	Subjonctif présent que je / tu / …	Passé composé / Passé simple
fuir	je	fuis	fuyais	fuirai !	fuirais !	fuie	j'ai **fui**
(fliehen)	tu	fuis	fuyais	fuiras	fuirais	fuies	
	il	fuit	fuyait	fuira	fuirait	fuie	
Fuis.	nous	fu**y**ons	fu**yi**ons	fuirons	fuirions	fu**y**ions	il fuit
Fu**y**ons.	vous	fu**y**ez	fu**yi**ez	fuirez	fuiriez	fu**y**iez	ils fuirent
Fu**y**ez.	ils	fuient	fuyaient	fuiront	fuiraient	fuient	
lire	je	lis	lisais	lirai	lirais	lise	j'ai **lu**
(lesen)	tu	lis	lisais	liras	lirais	lises	
	il	lit	lisait	lira	lirait	lise	
Lis.	nous	lisons	lisions	lirons	lirions	lisions	il lut
Lisons.	vous	lisez	lisiez	lirez	liriez	lisiez	ils lurent
Lisez.	ils	lisent	lisaient	liront	liraient	lisent	
mettre	je	mets	mettais	mettrai	mettrais	mette	j'ai **mis**
(setzen, stellen,	tu	mets	mettais	mettras	mettrais	mettes	
legen)	il	met	mettait	mettra	mettrait	mette	
Mets …	nous	mettons	mettions	mettrons	mettrions	mettions	
Mettons …	vous	mettez	mettiez	mettrez	mettriez	mettiez	il mit
Mettez …	ils	mettent	mettaient	mettront	mettraient	mettent	ils mirent
Ebenso: **permettre** (erlauben), **transmettre** (übermitteln)							
mourir*	je	meurs	mourais	mou**rr**ai !	mou**rr**ais !	meure	je **suis mort(e)**
(sterben)	tu	meurs	mourais	mou**rr**as	mou**rr**ais	meures	
	il	meurt	mourait	mou**rr**a	mou**rr**ait	meure	
Meurs.	nous	mourons	mourions	mou**rr**ons	mou**rr**ions	mourions	il mourut
Mourons.	vous	mourez	mouriez	mou**rr**ez	mou**rr**iez	mouriez	ils moururent
Mourez.	ils	meurent	mouraient	mou**rr**ont	mou**rr**aient	meurent	
ouvrir	je	ouvre	ouvrais	ouvrirai	ouvrirais	ouvre	j'ai **ouvert**
(öffnen)	tu	ouvres	ouvrais	ouvriras	ouvrirais	ouvres	
	il	ouvre	ouvrait	ouvrira	ouvrirait	ouvre	
Ouvre.	nous	ouvrons	ouvrions	ouvrirons	ouvririons	ouvrions	il ouvrit
Ouvrons.	vous	ouvrez	ouvriez	ouvrirez	ouvririez	ouvriez	ils ouvrirent
Ouvrez.	ils	ouvrent	ouvraient	ouvriront	ouvriraient	ouvrent	
Ebenso: **découvrir** (entdecken), **offrir** (anbieten), **souffrir** (leiden)							
plaire	je	plais	plaisais	plairai	plairais	plaise	j'ai **plu**
(gefallen)	tu	plais	plaisais	plairas	plairais	plaises	
	il	plaît	plaisait	plaira	plairait	plaise	
Plais …	nous	plaisons	plaisions	plairons	plairions	plaisions	il plut
Plaisons …	vous	plaisez	plaisiez	plairez	plairiez	plaisiez	ils plurent
Plaisez …	ils	plaisent	plaisaient	plairont	plairaient	plaisent	
pleuvoir	il	pleut	pleuvait	**pleuvra** !	**pleuvrait** !	qu'il **pleuve** !	il a **plu**
(regnen)							il plut

* Diese Verben bilden das ***Passé composé*** mit ***être***.

Infinitif / Impératif		Présent	Imparfait	Futur simple	Conditionnel présent	Subjonctif présent que je / tu / …	Passé composé / Passé simple
pouvoir	je	peux	pouvais	pourrai !	pourrais !	**puisse** !	j'ai **pu**
(können)	tu	peux	pouvais	pourras	pourrais	puisses	
	il	peut	pouvait	pourra	pourrait	puisse	il put
	nous	pouvons	pouvions	pourrons	pourrions	puissions	ils purent
	vous	pouvez	pouviez	pourrez	pourriez	puissiez	
	ils	peuvent	pouvaient	pourront	pourraient	puissent	
prendre	je	prends	prenais	prendrai	prendrais	prenne	j'ai **pris**
(nehmen)	tu	prends	prenais	prendras	prendrais	prennes	
	il	prend	prenait	prendra	prendrait	prenne	
Prends.	nous	prenons	prenions	prendrons	prendrions	prenions	il prit
Prenons.	vous	prenez	preniez	prendrez	prendriez	preniez	ils prirent
Prenez.	ils	prennent	prenaient	prendront	prendraient	prennent	
Ebenso: apprendre (lernen), **comprendre** (verstehen), **reprendre** (zurücknehmen, von vorn beginnen)							
recevoir	je	reçois	recevais	**recevrai** !	**recevrais** !	reçoive	j'ai reçu
(erhalten)	tu	reçois	recevais	recevras	recevrais	reçoives	
	il	reçoit	recevait	recevra	recevrait	reçoive	
Reçois …	nous	recevons	recevions	recevrons	recevrions	recevions	il reçut
Recevons …	vous	recevez	receviez	recevrez	recevriez	receviez	ils reçurent
Recevez …	ils	reçoivent	recevaient	recevront	recevraient	reçoivent	
rire	je	ris	riais	rirai	rirais	rie	j'ai **ri**
(lachen)	tu	ris	riais	riras	rirais	ries	
	il	rit	riait	rira	rirait	rie	
Ris.	nous	rions	riions	rirons	ririons	riions	il rit
Rions.	vous	riez	riiez	rirez	ririez	riiez	ils rirent
Riez.	ils	rient	riaient	riront	riraient	rient	
Ebenso: sourire (lächeln)							
savoir	je	sais	savais	**saurai** !	**saurais** !	sache !	j'ai **su**
(wissen)	tu	sais	savais	sauras	saurais	saches	
	il	sait	savait	saura	saurait	sache	
Sache …	nous	savons	savions	saurons	saurions	sachions	il sut
Sachons …	vous	savez	saviez	saurez	sauriez	sachiez	ils surent
Sachez …	ils	savent	savaient	sauront	sauraient	sachent	
suffire	je	suffis	suffisais	suffirai	suffirais	suffise	j'ai **suffi**
(ausreichen,	tu	suffis	suffisais	suffiras	suffirais	suffises	
genügen)	il	suffit	suffisait	suffira	suffirait	suffise	
	nous	suffisons	suffisions	suffirons	suffirions	suffisions	il suffit
	vous	suffisez	suffisiez	suffirez	suffiriez	suffisiez	ils suffirent
	ils	suffisent	suffisaient	suffiront	suffiraient	suffisent	

Infinitif / Impératif		Présent	Imparfait	Futur simple	Conditionnel présent	Subjonctif présent que je / tu / …	Passé composé / Passé simple
suivre	je	suis	suivais	suivrai	suivrais	suive	j'ai **suivi**
(folgen)	tu	suis	suivais	suivras	suivrais	suives	
	il	suit	suivait	suivra	suivrait	suive	
Suis.	nous	suivons	suivions	suivrons	suivrions	suivions	il suivit
Suivons.	vous	suivez	suiviez	suivrez	suivriez	suiviez	ils suivirent
Suivez.	ils	suivent	suivaient	suivront	suivraient	suivent	
venir*	je	viens	venais	**viendrai** !	**viendrais** !	vienne	je **suis venu(e)**
(kommen)	tu	viens	venais	viendras	viendrais	viennes	
	il	vient	venait	viendra	viendrait	vienne	
Viens.	nous	venons	venions	viendrons	viendrions	venions	il vint
Venons.	vous	venez	veniez	viendrez	viendriez	veniez	ils vinrent
Venez.	ils	viennent	venaient	viendront	viendraient	viennent	

Ebenso: devenir* (werden), **revenir*** (wiederkommen), **tenir** (halten)

Infinitif / Impératif		Présent	Imparfait	Futur simple	Conditionnel présent	Subjonctif présent que je / tu / …	Passé composé / Passé simple
vivre	je	vis	vivais	vivrai	vivrais	vive	j'ai **vécu**
(leben)	tu	vis	vivais	vivras	vivrais	vives	
	il	vit	vivait	vivra	vivrait	vive	
Vis.	nous	vivons	vivions	vivrons	vivrions	vivions	il vécut
Vivons.	vous	vivez	viviez	vivrez	vivriez	viviez	ils vécurent
Vivez.	ils	vivent	vivaient	vivront	vivraient	vivent	
voir	je	vois	voyais	verrai !	verrais !	voie	j'ai **vu**
(sehen)	tu	vois	voyais	verras	verrais	voies	
	il	voit	voyait	verra	verrait	voie	
Vois …	nous	voyons	voyions	verrons	verrions	voyions	il vit
Voyons …	vous	voyez	voyiez	verrez	verriez	voyiez	ils virent
Voyez …	ils	voient	voyaient	verront	verraient	voient	

Ebenso: revoir (wiedersehen)

Infinitif / Impératif		Présent	Imparfait	Futur simple	Conditionnel présent	Subjonctif présent que je / tu / …	Passé composé / Passé simple
vouloir	je	veux	voulais	**voudrai** !	**voudrais** !	veuille !	j'ai **voulu**
(wollen)	tu	veux	voulais	voudras	voudrais	veuilles	
	il	veut	voulait	voudra	voudrait	veuille	
Veuille …	nous	voulons	voulions	voudrons	voudrions	voulions	il voulut
Veuillez …	vous	voulez	vouliez	voudrez	voudriez	vouliez	ils voulurent
	ils	veulent	voulaient	voudront	voudraient	veuillent	

* Diese Verben bilden das ***Passé composé*** mit ***être***.

Lösungen – Solutions

Tout compris?

Hier findest du die Lösungen für die *Tout compris*-Aufgaben.
Im „G-Hinweis" (z.B. ⟶ G 1) wird auf die Abschnitte verwiesen, in denen die Grammatik erklärt wird.

Unité 1

1

a – Il a crié **qu'il était** en colère. b – Il a raconté **que** quelqu'un **avait volé** des bananes dans son mobile home. c – Il a expliqué **qu**'il n'y **avait** plus de bananes sur la table quand **il était rentré** de la plage avec **ses** enfants. d – Il m'a demandé **si je pourrais** appeler la police. e – J'ai répondu **que** je n'**étais** pas sûre que la police **viendrait** pour une histoire de bananes. f – Il a encore crié **qu'il partirait le lendemain**, sans payer. g – Je me suis renseignée **si son** mobile home était bien fermé. h – Il a dit **qu'il laissait** toujours une fenêtre ouverte. i – Alors j'ai eu une idée et je lui ai raconté **qu**'un cirque **était arrivé** dans notre ville **la veille**. j – J'ai expliqué **que** leur chimpanzé **avait disparu**. k – J'ai téléphoné au cirque et je leur ai dit **que leur** chimpanzé **était** peut-être sur notre terrain de camping. l – Ils ont demandé **où** on **avait vu** le chimpanzé. m – J'ai répondu **qu**'on n'**avait** rien **vu** et j'ai expliqué **qu**'il **avait** peut-être **volé** des bananes dans un mobile home. n – Plus tard, j'ai pu raconter au touriste **qu**'on **avait trouvé** le chimpanzé sous un camping-car en train de manger tranquillement les bananes.
⟶ G 1

2

a Paul m'a demandé **ce que** je **ferais** pendant les vacances d'été. b … **ce que** mes parents **avaient dit**. c … **ce qui était** le plus important pour moi. d … **ce qui se passerait** après. e … **ce que** mon amie **avait dit**.
⟶ G 2

Unité 2

1

a parle; b mentes; c connaisse; d soyons; e sachiez; f veuillent; g voyions; discutions
⟶ G 3, G 4

2

a ait; b puissions; c viennes; d vas; e fasses; f sont; g faille; h suis; i reverrons; j intéressiez
⟶ G 3, G 4

3

a Il ne sait pas quoi faire pour que ses parents le **comprennent**. b Mes amis veulent passer les vacances d'été à Nice bien qu'il y **fasse** très chaud. c Il ne se passe pas une heure sans que mon frère **appelle**. d Je ne veux pas aller à la fête demain parce que mon frère **revient / va revenir / reviendra** de l'échange scolaire. e Il faut arrêter la musique avant que ma mère **arrive**. f Beaucoup de jeunes ne savent pas quoi faire après qu'ils **ont** terminé l'école.
g Elle lui conseille d'apprendre le vocabulaire jusqu'à ce qu'il **ait** des super notes.
⟶ G 5

Unité 3

1

a La nouvelle star est attendue par les journalistes.
b Le festival a été ouvert par le président du jury.
c Les meilleurs films seront choisis par un jury de professionnels. d Les films sont montrés au «Palais des festivals» ou au «Cinéma de la Plage». e La ville de Cannes voudrait que le festival soit visité par beaucoup de touristes.
⟶ G 6

2

a Aujourd'hui, on fête mon anniversaire avec ma danse préférée. **b** Cette danse se danse à six. **c** On fait les pas très rapidement / vite. / On fait des pas très rapides. **d** Après la danse, on va manger/ on mangera. **e** On va proposer beaucoup de plats végétariens. **f** Les plats principaux se mangent chauds.

⟶ G 7

Unité 4

1

a Blanche-Neige a organisé; **b** notre classe est allée; **c** les élèves allemands sont venus; **d** les élèves ont compris; **e** Un des élèves est même devenu

⟶ G 8

2

a sont morts; **b** a mis, a quitté; **c** a vu, est venu; **d** ont parlé; **e** a demandé; **f** a donné; **g** a mangé, est parti; **h** a entendu; **i** a ouvert

⟶ G 8

3

a peint, **b** peins, **c** crains, **d** me plaindrais, **e** ont peint, **f** craignent

⟶ G 9

Unité 5

a faite; **b** vus; **c** prises; **d** quittés; **e** eus; **f** quitté; **g** trouvée; **h** passées; **i** vécue

⟶ G 10

Révisions

Révision 1

des château**x**, des **SMS**, des drapeau**x**, des jeu**x**, des pa**s**, des grand**s**-mère**s**, des hôpit**aux**, des concour**s**, des moyen**s** de transport, des voi**x**, des ju**s**

Révision 2

a une; **b** la; **c** le; **d** du; **e** de l', du; **f** des; **g** les

Révision 3

1.

a Je mange souvent **du** chocolat, **trop de** chocolat.
b Je bois **beaucoup d**'eau, chaque jour / tous les jours 2 **litres d**'eau.
c Je ne mange pas **assez de** salade.
d Je bois chaque jour / tous les jours **un peu de** lait.
e Je n'achète **jamais de** coca, je n'aime pas **le** coca.
f Je veux acheter **du** fromage: 200 **grammes de** camembert. Tu aimes / Est-ce que tu aimes **le** fromage comme dessert?

2.

a Je n'aime pas **les** frites. **c** Chaque jour, je bois 2 litres **de** lait. **f** Tu manges combien **de** pain?

Révision 4

1.

a ta; **b** ma, mes; **c** tes; **d** mon; **e** ta; **f** notre; **g** tes / vos; **h** mes / nos, mon; **i** Votre

2.

a leurs; **b** ses; **c** leur; **d** son; **e** sa

Révision 5

a **tous ces** vêtements: **tous ces** pantalons, **toutes ces** chaussures; **b** **cet** anorak, **cette** casquette; **c** **Quel** anorak, **quelle** casquette; **d** **ce** jean; **Quelles** sont tes couleurs préférées?
e **toutes ces** fringues; **toute** la journée; **Tout** le monde

Révision 6

1.

b Arthur et Carla sont fatigué**s**. **c** Léo est drôle. **d** Vanessa et Julie sont sérieu**ses**. **e** Damien et Gabriel sont gentil**s**. **f** Clara est inqui**ète**. **g** Sarah et Béatrice sont mignon**nes**. **h** Léa et Mehdi sont sporti**fs**. **i** Malabar et Moustique sont géni**aux**.

2.

b des vacances **ennuyeuses**; **c** le **vieil** hôtel; **d** la **belle** affaire; **e** des chiens **bizarres**; **f** la dame **rousse**; **g** des **bons** parents; **h** les nuits **blanches**; **i** les **nouvelles** stars; **j** un **autre** homme

3.
a Ton idée est **meilleure que** l'idée de Julien. Mais elle est **moins bonne que** l'idée de Sacha. L'idée de Sacha est **la meilleure**. b Les châteaux de Villandry et de Chaumont sont **aussi beaux que** le château de Chenonceau. c Chambord est le château **le plus grand / le plus grand** château de la Loire. d De nos voisins, ce sont Mme Ducharme et M. Marignan **les moins gentils**. e Ils sont **moins gentils que** M. et Mme Racine.

4.
b Elles étaient ennuyeu**ses**. e Le temps était plus mauvais **que** l'année dernière.

Révision 7

1.
a Ahmed apprend **plus facilement que** sa soeur.
b Elle fait ses devoirs **moins bien que** lui.
c A l'école, elle travaille **moins sérieusement**.
d Elle aime **mieux** faire du sport.
e De toute sa classe, c'est elle qui joue **le mieux** au tennis.

2.
c L'après-midi, je **vais toujours** à la plage.
d **Normalement**, j'y retrouve mes copains.

Révision 8

3.
On combine: a l'amie b la; gentille c son d il y a e quelle f près du g En; par; froide h moins froide i à / vers; au j une bonne; Heureusement k ta

Révision 10

a **Ils**, all**és**; b **Elles**, all**ées**; c **vous**, arrivé**e**; d **nous**, descend**ues**

Révision 11

a Moi; b eux; c eux, moi; d vous; e elles; f elles; Nous; g nous

Révision 12

1.
a me; t'; b la; c l'; lui; d lui; e vous; nous; f leur; les; g le

2.
a j'**en** reviens; Je vais **y** retourner; b Tu aimerais **y** habiter; J'**en** rêve; c j'**en** ai fait; d Allons-**y**

Révision 13

Sarah raconte: Hier, je me **suis** réveill**ée** en retard. Je **me** suis habill**ée** …
Une copine: Tu ne **t'es** pas lav**ée**?
Sarah: … mon copain et moi, on **se** retrouv**e** toujours devant l'école. … Il venait juste de **se** réveill**er**. …«Qu'est-ce qui **se** passe?» Je lui ai dit: «Dépêche-**toi**!!! …» Il m'a répondu: «Ne **t**'inquièt**e** pas. …» … nous **nous** sommes retrouv**és** … nous ne **nous** sommes pas disput**és**.

Révision 14

a Je m'appelle Damien. Et toi, tu t'appelles comment? / Et toi, comment est-ce que tu t'appelles? b (Est-ce que) vous ne nous voyez pas? c Nous voulons l'aider. d Il ne lui a pas plu. e Elle vient avec elle. f – Où sont les garçons? – Ils n'ont pas envie de se dépêcher.

Révision 15

… le chien **que** nous avons … un animal **qui** est … une armoire **où** nous mettons … la chaussure **qui** n'est plus là … les endroits **où** Lux cache … la chaussure **que** Lux a cachée …

Révisions 16

a – **C'est** la première fois **que** tu vas à Marseille?
– Oui, **c'est** une ville **que** je voulais visiter depuis longtemps. **C'est** avec mon copain **que** j'y vais.
b – Quand tu dis «visiter», tu penses à quoi?
– **C'est** à la vieille ville et au port **que** je pense. **Mais c'est / ce sont** aussi les musées **qui** nous intéressent.
c – **C'est** ton copain **qui** a eu l'idée de passer quelques jours à Marseille?
– Non, **c'est** moi **qui** en **ai** eu l'idée.

Révision 17

a tu **as** rencontr**é**; je **suis** arriv**ée**, elle **était** déjà parti**e**; b ma sœur **a** achet**é**; elle n'**avait** pass**é**; c Mes parents **sont** rentr**és**; Il **avait plu**; d Ma mère n'**a** pas **reçu**; Il **avait** oubli**é** e Nous n'**étions** jamais parti**es**; nous **avons** pass**é**, ça s'**est** bien pass**é**

Révision 18

La nouvelle prof **s'appelait** «Frau Schneeweiß». Elle **était** allemande. Quand on **parlait** d'elle, on **disait** toujours: «notre Blanche-Neige». Avec elle, on **faisait** des dialogues, en allemand, bien sûr! Puis, un jour, elle **a trouvé** un «Gymnasium» allemand qui **était** prêt à faire un échange scolaire. D'abord, notre classe **a écrit** à la classe allemande et après, la classe allemande **a répondu**. Puis nous **sommes partis** en Allemagne et nous y **avons appris** beaucoup de mots utiles. Après, les élèves allemands nous **ont rendu** visite. C'**était** génial et quelques élèves **sont devenus** amis pour toujours.

Révision 19

futur simple: a Les vacances commenceront; b nous partirons; c Mes parents feront; d Mon frère restera; Il devra, il ne pourra partir qu'en; e je me lèverai, je dormirai; f tu iras; Vous passerez; g Vous resterez; h Tu nous écriras; i Nous te répondrons;
futur proche: a Les vacances vont commencer; b nous allons partir; c Mes parents vont faire; d Mon frère va rester; Il va devoir, il ne va pouvoir partir qu'en…; e je vais me lever, je vais dormir; f tu vas aller; Vous allez passer; g Vous allez rester; h Tu vas nous écrire; i Nous allons te répondre

Révision 20

conditionnel présent: a Nous aimerions; Auriez-vous; b je m'adresserais; Je pourrais; c Vous feriez; Ce serait; d Il vous faudrait e nous aurions; ils aimeraient;
conditionnel passé: f Vous auriez dû; g je ne serais pas partie; h Nous aurions préparé

Révision 21

a Mon chien **ne** va **pas** bien. b Normalement, il **n'**a **jamais de** problèmes. c Il **ne** nous regarde **plus**. d Il **ne** veut **rien** faire. e Il **ne** veut jouer avec **personne**. f Ce **n'**est **pas** la joie!

Révision 22

1.
a Qui est Roger? / Roger, c'est qui? / Roger, qui est-ce? b Tu as un frère? / Est-ce que tu as un frère? / As-tu un frère? c Il a quel âge? Quel âge est-ce qu'il a? / Quel âge a-t-il? d Il habite où? / Où est-ce qu'il habite? / Où habite-t-il? e Il fait quoi à Marseille? / Qu'est-ce qu'il fait à Marseille? / Que fait-il à Marseille? f Tu le vois souvent? / Est-ce que tu le vois souvent? / Le vois-tu souvent? g Pourquoi tu ne le vois pas souvent? / Pourquoi est-ce que tu ne le vois pas souvent? / Pourquoi ne le vois-tu pas souvent?

2.
a **Qu'est-ce que** vous proposez comme sujet? b **Qu'est-ce qui** va intéresser les autres? c **Qu'est-ce qu'**on va choisir comme titre? d **Qui** fait une recherche sur Internet? e **Qui** va noter toutes les idées? f **Qu'est-ce que** tu vas raconter? g **Qui est-ce qu'**on va inviter à la présentation? h **Qui** va présenter notre projet aux autres?

Révision 23

a Il demande **pourquoi je** viens. b Je lui réponds **que** c'est pour ma jambe. c Il demande **si** elle me fait mal. d Je lui explique **qu'**elle me fait très mal. e Il dit **qu'**il faut faire une radio. f Il aimerait savoir **qui** va **m'**aider à rentrer à la maison. g Je lui réponds **que** c'est ma mère qui est venue avec moi.

Révision 24

a Dors si tu **es** fatiguée. b Si tu te couchais plus tôt, tu **serais** moins fatiguée. c Si tu **t'étais levée** moins tard ce matin, tu n'aurais pas raté le bus. d Si **j'étais** toi, je passerais moins de temps devant l'ordinateur. e Nous **aurions mieux dormi** la nuit dernière si nous ne nous étions pas disputés hier. f Si ça continue, nos parents **se mettront** en colère.

Révision 25

Chasse aux fautes: 1 me présenter 2 J'ai, j'habite 3 le tennis 4 J'en fais 5 nous nous levons 6 je m'informe 7 leur 8 Je me dépêche 9 J'en prends, six, je les perds 10 que, j'en 11 avaient tout appris, qui 12 où j'ai joué, la première 13 C'était 14 J'avais, beaux 15 je vais aussi aller 16 n'est pas loin de 17 sont venus 18 ils ne viendront pas; ils ne connaissent personne 19 leur; ils ne parlent pas 20 leur; verra

Deutsch-französisches Stichwortverzeichnis

Das Stichwortverzeichnis verweist auf die **Seiten**.
G = Grammatikkapitel **R** = Révisions

	G	R	
boire		65	
c'est … qui / que		48	
ce qui und ***ce que*** in der ***indirekten Frage***	7		
ce, cet, cette, ces (Demonstrativbegleiter)		32	
connaître		65	
courir		65	
craindre	22		
croire		65	
de / d' (nach Mengenangaben)		29	
de (als Präposition) – bei femininen Ländernamen – bei Verbergänzungen		38 38 59	
der **Demonstrativbegleiter**		32	*l'adjectif démonstratif:* **ce** garçon, **cet** ami, **cet** homme, **cette** fille, **ces** copains, **ces** copines
devoir		66	
de la (Teilungsartikel)		28	
des *(bei Ländernamen im Plural)*		38	
dire		66	
das **direkte Objekt**		43	*l'objet direct:* Je lis **un livre**.
das **direkte Objektpronomen**		43	*le pronom objet direct:* Je **le** lis.
du – Teilungsartikel – bei maskulinen Ländernamen		 28 38	 *l'article partitif:* J'achète **du** lait, **de l'eau** et **de la** farine.
écrire		66	
en – «en» partitif – als Präposition – bei femininen Ländernamen – als Adverbialpronomen		 44 38 38 44	

	G	R	
est-ce que		**55**	
être – beim *Participe passé*		**66** **50**	
***être*-Haus**		**49**	
faire		**66**	
falloir (il faut)		**66**	
der **Fragebegleiter**		**32**	*l'adjectif interrogatif:* **Quel** sport? **Quelle** musique? **Quels** exercices? **Quelles** activités?
die **Frage**		**55**	*l'interrogation (f.):* Où est-ce que tu habites?
das **Fragewort**		**56**	*le mot interrogatif:* Tu es triste? **Pourquoi?**
fuir		**67**	
das ***Futur simple***		**52**	*le futur simple:* Elle **partira** en vacances.
das ***Futur proche***		**52**	*le futur proche:* Elle **va préparer** des sandwichs.
die **geschriebene Sprache**		**55**	*la langue écrite:* Pourquoi ne m'écrit-il pas?
die **gesprochene Sprache**		**55**	*la langue parlée:* Pourquoi il m'écrit pas?
die **Grundzahl**		**40**	*le nombre cardinal:* **un, deux, trois**
der **Hauptsatz**		**47**	*la phrase principale:* **Je ne peux pas venir** parce que je suis malade.
die **Hervorhebung**		**48**	*la mise en relief:* **C'est moi qui** suis le meilleur.
Imparfait und ***Passé composé***		**50**	*l'imparfait (m.) et le passé composé*
der **Imperativ** – der regelmäßigen und unregelmäßigen Verben – der reflexiven Verben		 **61/64** **45**	*l'impératif (m.):* **Va / Allons / Allez** au cinéma. **Dépêche-toi. Allons-y.**

	G	R	
der **indefinite Begleiter**		32	*l'adjectif indéfini:* Nous avons visité **tous les** monuments.
die **indirekte Frage**		57	*l'interrogation (f.) indirecte:* Je me demande **si tu as faim**.
die **indirekte Rede**		57	*le discours indirect:* Elle dit **qu'elle a faim**.
das **indirekte Objekt**		43 59	*l'objet indirect:* Je parle **à Léa**.
das **indirekte Objektpronomen**		43	*le pronom objet direct:* Je **lui** parle.
der **Infinitiv** (als Verbergänzung)		59	*l'infinitif (comme complément du verbe):* Il commence **à pleuvoir**.
das **Interrogativpronomen *lequel***		56	*le pronom interrogatif lequel:* Tu as lu les affiches? **Laquelle** t'intéresse le plus?
die **Intonationsfrage**		55	*l'interrogation (f.) par intonation:* **Tu habites où?**
die **Inversionsfrage**		55	*l'interrogation (f.) par inversion:* **Où habites-tu?**
der **Komparativ** - des Adjektivs - des Adverbs		 35 37	*le comparatif (de l'adjectif et de l'adverbe):* Marie est **plus grande que** son père. Elle parle **plus vite** que lui.
der **Konditionalsatz** - Typ I - Typ II - Typ III		 58 58 58	*la phrase conditionnelle:* **I: Si tu veux, on ira à la plage demain.** **II: Si j'étais à ta place, je le ferais.** **III: Si j'avais su, j'aurais appelé.**
die **Konjugation**		61	*la conjugaison*
die **Konjunktion** - in der indirekten Rede		57	*la conjonction:* - **que, si, et, mais ...**
das ***Conditionnel*** - présent - passé		 53 53	*Le conditionnel présent:* **On pourrait aller au cinéma.** *Le conditionnel passé:* **On aurait pu aller au cinéma.**

	G	R	
das ***Passiv***	17		
Passivsatz im Deutschen, Aktivsatz im Französischen	18		
personne ne ...		54	
der **Plural der Nomen**: Sonderfälle		26	*le pluriel des noms: cas particuliers*
das ***Plus-que-parfait***		49	*le plus-que-parfait:* Elle **était arrivée**. Il **avait attendu**.
der **Possessivbegleiter**		30	*l'adjectif possessif:* **mon** père, **ta** mère, **vos** parents
pouvoir		68	
die **Präposition** – Präposition und Ländernamen – des Ortes – der Zeit – sonstige – nach Verbergänzungen		38 38 38 39 39 59	*la préposition:* **dans, sur, après ...** – *la préposition avec les noms de pays* – *la préposition de lieu* – *la préposition de temps* – *autres prépositions* – *avec les compléments du verbe*
prendre		68	
que (Relativpronomen)		47	
que (Konjunktion)		57	
quel, quelle, quels, quelles (Fragebegleiter)		32	
qu'est-ce qui / qu'est-ce que		55	
qui (Relativpronomen)		47	
qui (est-ce qui) / qui est-ce que		55	
recevoir		68	
die **reflexiven Verben** im *Passé composé*		45	*les verbes pronominaux au passé composé:* **Elles se sont dépêchées.**
das **regelmäßige Verb**		61	*le verbe régulier:* **je cherche, tu cherches, il / elle / on cherche ...**
das **Relativpronomen**		47	*le pronom relatif:* **qui, que, où**

	G	R	
der **Relativsatz**		47	*la proposition relative:* J'ai bien lu le message **que** tu m'as envoyé.
rien ne ...		54	
rire		68	
savoir		68	
si (als Konjunktion)		57	
die **Steigerung des Adverbs**		37	*les degrés de l'adverbe:* ⟶ ***le comparatif / le superlatif***
das **Subjekt**			*le sujet:* **Marie** cherche son chien.
– im Relativsatz		47	– *dans la proposition relative*
– als Pronomen		41/46	– *comme pronom:* **je, tu, il ...**
das **Subjektpronomen**		41	*le pronom sujet:* **Elle** cherche son chien.
Der ***Subjonctif***			
– Bildung	9		
– Verwendung	11		
– der Subjonctif nach Konjunktionen	14		
suivre		69	
der **Superlativ**			*le superlatif (de l'adjectif et de l'adverbe)*
– *des Adjektivs*		35	
– *des Adverbs*		37	
der **Teilungsartikel**		28	*l'article partitif:* J'achète **du** lait, **de l'**eau et **de la** farine.
tout, toute, tous, toutes (unbestimmter Begleiter)		32	
der **unbestimmte Begleiter *tout***		32	*l'adjectif indéfini «tout»:* **tout** le quartier, **toute** la ville, **tous** les jardins, **toutes** les rues
das **unregelmäßige Verb**		64	*le verbe irrégulier:* **je vais, tu vas, il va**
venir		69	